Gisela Rieger

Geschichten, die dein Herz berühren

GISELA RIEGER

Geschichten, die dein Herz berühren

ERZÄHLUNGEN, WEISHEITEN UND ZITATE

FSC
www.fsc.org
MIX
Papier aus verantwortungsvollen Quellen
FSC® C018312

Rosenweg 7 | 83104 Tuntenhausen-Beyharting
www.gisela-rieger.de | info@gisela-rieger.de

Gesamtgestaltung: Ulrike Vohla, Grafikdesign Storch, Rosenheim
Fotos: Shutterstock; Christina Sellner, Burghausen

Druck: Gotteswinter und Aumaier GmbH
Printed in Germany

ISBN 978-3-00-053788-2

Inhalt

Vorwort

Liebe Leser,

die Begeisterung für Geschichten begleitet mich seit meiner Kindheit durchs Leben. Neben dem Schreiben von Büchern halte ich Erzählabende und verwende in meinen Seminaren themenbezogene Geschichten.
Für das Vorwort zu diesem Geschichtenband konnte ich Herrn Pfarrer Rainer Maria Schießler gewinnen. Er hat die Gabe, mit wenigen Worten Wesentliches auf den Punkt zu bringen und Menschen zu berühren!
Neben Auftritten in Funk und Fernsehen erschien vor Kurzem sein Bestseller »Himmel - Herrgott - Sakrament: Auftreten statt austreten«.
In seinen vollen Kirchen werden seine leidenschaftlichen, bereichernden Predigten oft spontan beklatscht! Schießler gilt bundesweit als einer der bekanntesten Kirchenmänner ...

Ich wünsche Ihnen viel Freude beim Lesen.
Ihre Gisela Rieger

Ein Junge kam in eine Zoohandlung und wollte sich einen kleinen Hund kaufen. Zwölf Euro hatte er sich dafür abgespart. »Ob das wohl reicht?«, fragte er gespannt den Verkäufer.
Der meinte: »So zwischen 50 und 80 Euro kosten diese Welpen hier. Aber da ist ein junger Hund, der hat einen Schaden, er wird nie richtig laufen können. Wenn du ihn magst, dann schenke ich ihn dir.«
Der Junge antwortete: »Ich werde ihn kaufen. Hier sind 12 Euro.« – »Nein, nein!«, wehrte der Händler ab. »Ich schenke ihn dir. Er wird nie

richtig mit dir toben und rennen können wie andere Hunde.« Doch der Junge bestand darauf, den behinderten Welpen zu kaufen. Dann zog er seine Hose hoch, zeigte dem Verkäufer die Metallschiene, die sein kraftloses Bein stützte, und meinte: »Ich denke, der Hund kann sehr gut jemanden gebrauchen, der ihn versteht!«

Was für eine Geschichte! Sie ersetzt ganze Predigten! Mit wenigen Worten erkläre ich Jung und Alt, was christliche Nächstenliebe, Hilfsbereitschaft, Hingabe und Solidarität bedeuten können und sollen. Da braucht es kaum noch Erklärungen.

Warum erzählen Menschen solche Geschichten? Weil sie selber Geschichte sind. Jeder Mensch ist seine eigene Geschichte und schreibt Geschichte. Er kann nicht anders. Er hinterlässt Spuren in dieser Welt und die Geschichten fassen sie zusammen. Sie bewahren davor, dass diese Spuren irgendwann einmal endgültig verwischt und unkenntlich gemacht werden. Jede Geschichte, und sei sie noch so fantasievoll, ist Menschenwerk und hilft anderen, ihr Leben zu deuten und zu verstehen. So, wie man in den Spuren eines Vorläufers in tiefem Schnee einhergeht. Mögen die Geschichten in diesem Buch diese Aufgabe erfüllen. Sie können nur bereichern und beschenken!

Rainer M. Schießler, Pfarrer

Das Geheimnis des Lebens
ist nur schwer zu lichten,
Du aber horche auf die Worte der Geschichten.
In Märchen und Sagen aus vergangenen Tagen
lässt sich Geheimstes besser sagen!

Nach Rumi

Was ist eigentlich das Leben?

Eines schönen Sommertages, zur Mittagszeit, war im Wald Ruhe eingekehrt und alles schlief.
Da sprang ein junges, keckes Eichhörnchen über die Bäume und rief: »Sagt mir, was ist eigentlich das Leben?«
Alle, die dies hörten, waren betroffen über solch eine schwierige Frage und überlegten.
Ein lustiger Schmetterling flog von einer Blüte zur anderen: »Das Leben ist bunt, voller Freude und Sonnenschein.«
Am Bach schleppte eine Ameise ihre Last: »Das Leben ist voller Mühe und harter Arbeit.«
Eine Rose war gerade dabei, ihre Knospe zu öffnen: »Das Leben ist Entwicklung.«
Der Maulwurf steckte seinen Kopf aus der Erde: »Das Leben ist ein Kampf im Dunkeln.«
Eine fleißige Biene flog von Blume zu Blume: »Das Leben ist ein Wechsel von Arbeit und Vergnügen.«
Tief verwurzelt stand eine alte Weide, gebogen vom Wind und Sturm in vielen Jahren: »Das Leben ist ein sich Beugen unter einer höheren Macht.«
Ein Adler drehte majestätisch seine Kreise: »Das Leben ist ein Streben nach oben.«
Eine Regenwolke zog vorbei: »Das Leben besteht aus vielen Tränen.«
Ein Hase sprang vorüber: »Das Leben ist Veränderung, deren Richtung jeder wählen kann.«
Der Fluss schäumte auf und warf sich mit aller Macht gegen das Ufer: »Das Leben ist ein vergebliches Ringen um Freiheit.«

Die Gespräche zogen sich über Stunden hinweg, bis in die Nacht hinein. Beinahe wäre ein Streit entbrannt.
Ein Uhu flog lautlos durch den Wald: »Das Leben ist, Gelegenheiten zu nutzen, wenn andere noch schlafen.«
Ein Mann auf dem Nachhauseweg sagte vor sich hin: »Das Leben ist die ständige Suche nach der Liebe und dem Glück, und manchmal eine Kette von Enttäuschungen.«
Da zog die Morgenröte auf und sprach: »So, wie ich der Beginn eines neuen Tages voller Überraschungen bin, so ist jedes Leben eine einzigartige Geschichte.«

Nach einem schwedischen Märchen

Spuren im Schnee

Endlich hat es über Nacht geschneit und die ganze Landschaft liegt unter einer dicken, glänzenden Schneedecke. Jakob und Ludwig holen sogleich ihre Rodel aus dem Schuppen und machen sich freudig auf den Weg zu ihrem Schlittenberg.

Die beiden Brüder bestaunen die Schneepracht, auf der noch keine einzige Spur zu erkennen ist. So wetten sie um eine Tafel Schokolade, wer die geradeste Spur den Hügel hinauf ziehen kann.

Der gewissenhafte Jakob setzt sorgfältig einen Fuß möglichst gerade neben den anderen. Der sorglose Ludwig stapft einfach drauflos.

Oben angekommen, sieht Jakob zu seinem Entsetzen, dass er eine Zickzacklinie hinterlassen hat. Sein Bruder hingegen zeichnete in geradester Linie seine Spur.

»Das verstehe ich nicht«, meint Jakob, »ich habe mich auf jeden meiner Schritte konzentriert. Wie hast du es nur geschafft, auf die Schnelle den geradesten Weg zu wählen?«

»Das ist doch ganz einfach!«, meint Ludwig, »ich habe mich nur auf den Baum oben am Berg konzentriert. Das war mein Zielpunkt und auf diesen bin ich zugegangen.«

An diesem Tag hat Jakob zwar eine Tafel Schokolade verloren, dafür aber die Erkenntnis gewonnen, dass man nicht nur auf seine nächsten Schritte achten muss, sondern seine Ziele nie aus den Augen verlieren darf.

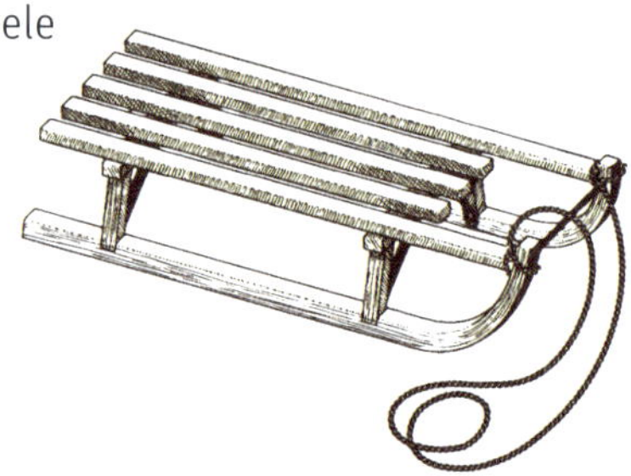

Der Langsamste, der sein Ziel nicht
aus den Augen verliert,
geht immer noch geschwinder als der,
der ziellos umherirrt.

Gotthold Ephraim Lessing, deutscher Dichter, 1729–1781

Den Wunsch des Ehemanns erfüllen

Ein Ehepaar hatte sich im Fernsehen einen Bericht über lebensverlängernde Maßnahmen angesehen.
»Ich möchte niemals, um überleben zu können, einer Maschine ausgeliefert sein!«, sprach der Mann entschieden. »Sollte ich eines Tages von betäubenden Flüssigkeiten abhängig sein und mit Unterstützung von Technik und Maschinen nur noch dahinvegetieren – dann mein Liebling, zieh bitte den Stecker aus der Dose! Versprichst du mir das?«
»Gerne mein Schatz«, antwortete die Frau erfreut. »Du weißt doch, wie sehr ich dich liebe und dir stets deine Wünsche erfülle.«
Sie stand auf, goss seinen Wein in den Ausguss, warf sein Smartphone in den Mülleimer und zog den Stecker des Computers aus der Dose.

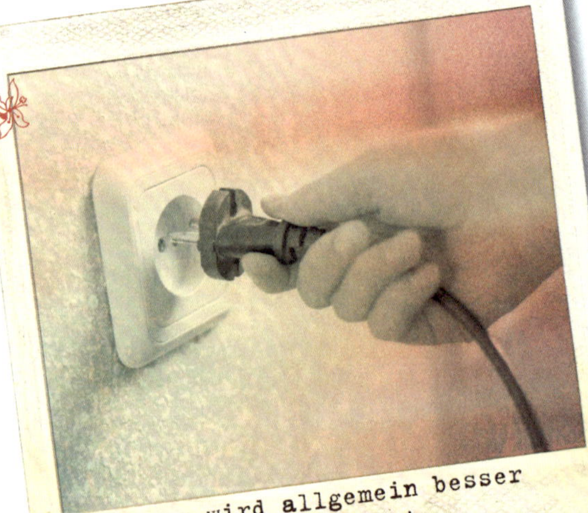

Handlung wird allgemein besser verstanden als Worte.
Manche Geste kann mehr ausdrücken als hundert Worte.

Fluch oder Gnade der Erinnerung?

Ein alter Mann sah eine Frau weinend im Schnee sitzen. Besorgt ging er auf sie zu und fragte, ob ihr etwas fehle?

»Ach, guter Mann«, sprach die Frau, »ich weine über mich und mein Leben. Über meine Schönheit, die ich einst im Spiegel sah; über meine Lebendigkeit, die immer mehr verloren geht, und über meinen verstorbenen Mann, den ich über alles geliebt habe.

Gott ist grausam! Er hat mir die Fähigkeit der Erinnerung mit auf den Weg gegeben. Er musste doch wissen, dass ich mich an den Frühling meines Lebens erinnern und dann weinen würde.«

Der alte Mann hatte die Klagen der Frau wohl vernommen, doch er schaute mit einem Lächeln auf das weite, schneebedeckte Feld.

Die Frau folgte seinem Blick und fragte ihn, was er denn dort sehen würde?

»Eine Wiese voller Frühlingsblumen«, antwortete der Mann. »Gott war großzügig, als er mir die Fähigkeit der Erinnerung gab. Er wusste, dass ich mich im Winter immer an den Frühling erinnern kann.«

Nach einer Geschichte

Was stärkt den Geist und macht ihn jung?
Aus schöner Zeit – Erinnerung!

Heinrich Martin, deutscher Schriftsteller, 1818–1872

An Wunder glauben

Ein kleiner Junge saß traurig auf einer Bank am Rande des Spielplatzes. Eine Dame setzte sich neben ihn. Nach einer Weile fragte die Frau freundlich, weshalb er nicht mit den anderen Jungen spiele?
Da erklärte er ihr, dass ihm nicht zum Lachen zumute sei. Seine kleine Schwester habe eine schlimme Krankheit mit den Augen und nun weine sie jeden Tag, weil es nicht mehr hell würde! »Meine Mama sagt, dass nur eine sehr teure Operation helfen würde, damit sie jemals wieder sehen könne.«
Da meinte die Dame, dass solch eine Operation sicherlich gelingen würde.
»Das glaube ich ja auch«, sprach der Junge aufgeregt weiter, »aber wir haben kein Geld. Jeden Tag sage ich zu meinem Papa, dass er ein Wunder machen soll. Er ist doch schon im Himmel und kann doch mit dem lieben Gott sprechen.«
Diese Worte rührten an das Herz der guten Frau. So fragte sie ihn, warum er nicht selbst einen Brief an den lieben Gott schreibe? »Wünsche von Kindern, die an Wunder glauben, gehen am allerschnellsten in Erfüllung!«
Die Augen des Jungen leuchteten kurz auf, doch dann sagte er kleinlaut, dass er ja noch nicht schreiben könne. Die Dame bot ihm an, den Brief für ihn zu schreiben. Als sie ihn nach seiner Adresse befragte, konnte er ganz stolz den Straßennamen sowie die Hausnummer benennen.
In der darauffolgenden Woche brachte der Postbote einen Brief in dem Folgendes stand:
»Ein kleiner Junge hat Gott um ein Wunder gebeten, dieser Wunsch wird umgehend erfüllt! Bitte bringen Sie Ihre Tochter am nächsten Dienstag

in das Krankenhaus. Der Professor persönlich wird die gewünschte Operation durchführen. Als Bezahlung wird erbeten, dem Facharzt einen Apfelkuchen zu backen, den er über alles liebt.«
Von diesem Tag an glaubte der kleine Junge an Wunder. Es war ja auch ein Wunder gewesen, dass sich die Frau eines berühmten Augenspezialisten zufällig zu ihm auf die Bank gesetzt hatte.

Das Vertrauen vermag alles, es bewirkt Wunder.
Thérèse von Lisieux, französische Karmelitin, 1873–1897

Der Kreislauf des Geldes

Vor nicht allzu langer Zeit trug sich in einer Stadt Folgendes zu: Die Zeiten waren schlecht und beinahe jeder lebte auf Kredit.
Spontan buchte ein Reisender ein Zimmer für eine ganze Woche und hinterlegte 100 Euro als Kaution.
Der Gastronom lief mit dem Geldschein sofort zum Metzger, um seine Schulden zu begleichen.
Dieser klopfte umgehend beim Bäcker an die Türe, um ihm seine geliehenen 100 Euro zurückzugeben.
Der Mann staubte sich das Mehl von seiner Schürze und suchte den Müller auf, um seine offene Rechnung zu bezahlen.
Der Müller ging mit dem Geld zum Bauern, dem er noch den Betrag für das Korn des letzten Jahres schuldete.
Der Bauer spähte nach seiner Frau und steckte schnell das Geld ein, um beim Wirt seine längst ausstehende Zeche zu bezahlen und um sich gleich noch ein Bier zu gönnen.
Dieser beglich sofort seine Schuld bei einem Getränkelieferanten, der den Schein umgehend an einen Genossenschaftsanleger zurückzahlte.
Jener gab das Geld an eine Dame weiter, bei der er in Kredit stand.
Diese wiederum suchte den Gastronomen auf, bei dem sie für ihre Zimmerbuchungen mit 100 Euro in der Kreide stand.
Wenige Stunden später überlegte es sich der Gast anders und verließ das Hotel. Der Gastronom reichte ihm lächelnd den als Kaution hinterlegten 100-Euro-Schein zurück.
Somit tilgten neun Menschen innerhalb weniger Stunden ihre Schulden und konnten vergnügt in die neue Woche starten.

Alles in der Welt ändert sich und bewegt sich im Kreise. Auch der Mensch ändert sich, nur sehen wir nicht den ganzen Kreislauf, den er vollbringt, weil wir uns selbst bei diesem Kreislauf in einem Punkte des Kreises befinden.

Lew Tolstoi, russischer Schriftsteller, 1828–1910

Die Bank unter den Eichen

Anna und Walter sitzen auf ihrer Lieblingsbank unter den Eichen. »Weißt du noch, wie damals alles begonnen hat?«, fragt die Frau verträumt. Lächelnd nickt der alte Mann und gibt ihr einen innigen Kuss. Beide erinnern sich: Sie hatten sich auf dem Jahrmarkt kennengelernt und wussten sofort, dass ihre beiden Herzen zusammengehörten.
Die Verliebten schlenderten damals über den Marktplatz und steuerten auf eine Menschenansammlung am Rande des Dorfes zu. Dort wurde ein Wettbewerb veranstaltet. Auf einer Bank stand der Besitzer der dortigen Wiese mit zwei Eicheln in seinen Händen. Er erregte großes Aufsehen mit seinem lauten Geschrei. »Kommt alle her und seht! Das sind Liebeseicheln! Wer traut es sich zu, ein Denkmal für die nächsten Generationen zu setzen? Auf dieser Bank sollen einmal Liebespaare sitzen und es behaglich haben. Damit hier ein lauschiges Plätzchen entstehen kann, sollen zwei mächtige Eichen den nötigen Schatten spenden.
Wer von euch findet den richtigen Abstand, den diese Eichen brauchen, um gemeinsam wachsen und zusammen alt werden zu können? Unser Dorfgärtner ist der Schiedsrichter und entscheidet, wer die Aufgabe am besten gelöst hat.«
Nacheinander traten etliche Pärchen vor und legten die Eicheln nach ihren Vorstellungen auf die Erde nieder. Die Entfernungen der verschiedenen Vorschläge reichten von fünfzig Zentimetern bis zu drei Metern. Anna und Walter waren die Letzten, die ihren Tipp abgaben. Als sie jedoch die zwei Eicheln in einem Abstand von sieben Metern auf die Erde legten, wurden sie von den Zuschauern nur lauthals ausgelacht!
Der alte Gärtner hingegen nickte erfreut und grub die zwei Liebeseicheln genau dort ein, wo die beiden diese hingelegt hatten. Lächelnd sagte

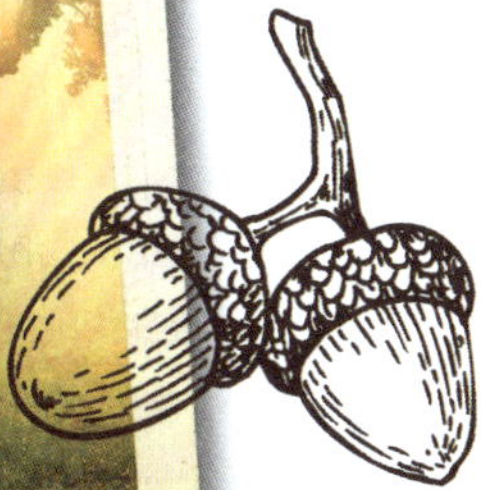

er: »Mit dieser Entfernung können sich die Eichen gut entwickeln. Jeder bleibt für sich ein eigenständiger Baum und keiner nimmt dem anderen die Sonne und die Luft zum Atmen. Auch die Wurzeln behindern einander nicht. Dennoch werden die Bäume eine Gemeinschaft bilden, denn wenn der Wind über sie hinwegweht, dann können sich ihre Äste sanft berühren.«

So begann es damals, vor über fünfzig Jahren. Händchenhaltend und in Gedanken versunken sitzen Anna und Walter unter den beiden mächtigen Eichen, deren Äste sich in luftiger Höhe begegnen, und horchen auf das Rascheln der Blätter.

Nach einer Hochzeitsrede

Der »beste« Empfehlungsbrief

Vor einigen Jahrzehnten suchte ein reicher Kaufmann dringend einen neuen, zuverlässigen Laufburschen und gab deshalb in der Tageszeitung eine Stellenanzeige auf.

Umgehend meldeten sich über zwanzig Männer, die alle zu einem Bewerbungsgespräch geladen wurden.

Der Kaufmann wählte schnell einen der Stellensuchenden aus.

Sein alter Prokurist fragte ihn: »Mich würde interessieren, weshalb Sie gerade diesen jungen Mann bevorzugt haben, obwohl er als Einziger keinen Empfehlungsbrief vorweisen konnte?«

»Sie irren sich«, lautete die Antwort, »dieser Bewerber war im Besitz zahlreicher Empfehlungen.

Im Vorzimmer drängte er sich nicht vor und bot umgehend einem älteren Wartenden seinen Stuhl an. Das zeigt mir, dass er über Geduld, Aufmerksamkeit und Herzensgüte verfügt.

Ehe er mein Büro betrat, putzte er seine Füße ab und schloss die Türe hinter sich. Daraus schließe ich, dass er sorgfältig und höflich ist.

Er nahm seine Mütze ab und reichte seine Hand zum Gruß.

Daran erkenne ich, dass er gute Manieren hat.

Er sah mir, trotz meiner Musterung, stets in die Augen.

Das zeigt mir, dass er ehrlich ist.

Auf alle meine Fragen konnte er schnell und sicher antworten. Das beweist mir, dass er Verstand hat.

Er hob als Einziger das Taschentuch auf, welches ich absichtlich auf den Boden hatte fallen lassen.

Daraus schließe ich, dass er gute Sitten besitzt.

Seine Hände und sein Gesicht waren sauber

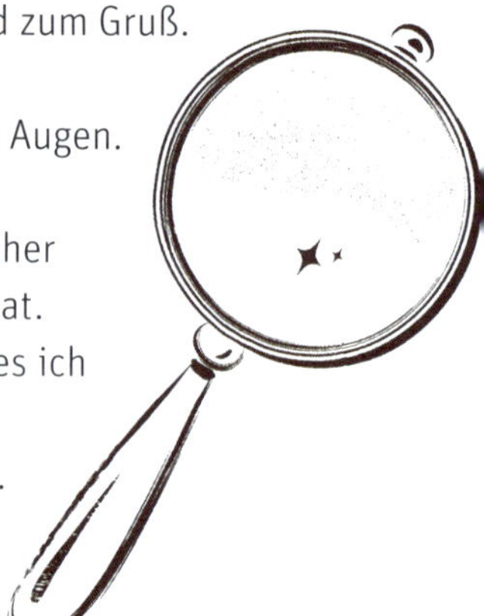

und seine Kleidung war gut ausgebürstet. Daran sehe ich, dass er korrekt ist und gut erzogen wurde.
Ich stellte ihm deshalb ein gutes Zeugnis für sein anständiges Benehmen aus.
Mein Lieber, ich gebe mehr auf das, was ich von einem Menschen erfahre, nachdem ich ihn wenige Minuten lang gesehen habe, als auf das, was in schön formulierten Empfehlungsbriefen geschrieben steht.«

Ein rauschendes Fest

Es lebte einmal ein glückliches Paar, das zum Zeichen seiner Liebe Hochzeit feiern wollte.
Um ihr großes Glück mit vielen Menschen teilen zu können, planten die beiden ein rauschendes Fest, das niemand im Dorf jemals wieder vergessen sollte!
Sie zählten ihr Geld und merkten schnell, dass es dafür nicht reichen würde.
So richteten sie an die Eingeladenen die Bitte, statt eines Geschenks eine gute Flasche Wein mitzubringen.
Es würde ein großes Fass bereitstehen, in welches der mitgebrachte Wein gegossen werden sollte, aus dem sich alle Gäste ihre Gläser füllen könnten.
Zur Feier kam auch jeder mit einer Flasche – das große Weinfass war schnell gefüllt.
Die Kellner schöpften vom Fass ihre Krüge und gossen den Wein in die Gläser der Gäste.
Das Brautpaar erhob seine Gläser und wollte mit der Hochzeitsgesellschaft auf sein großes Glück anstoßen.
Beim ersten Schluck verflog plötzlich die fröhliche Stimmung und wandelte sich in Entsetzen und große Verlegenheit. Die Braut verbarg die Tränen der Enttäuschung hinter ihrem Schleier.
Jeder einzelne Gast war mit einer Weinflasche gekommen, welche nur mit Wasser gefüllt war. Jeder hatte damit gerechnet, dass dies niemand bemerken würde.
Was ein rauschendes Fest werden sollte, endete zumindest in einem unvergesslichen Fest.

Nach einer Geschichte

Nichts wird oft
so unwiederbringlich versäumt
wie eine Gelegenheit.

Marie von Ebner-Eschenbach,
österreichische Schriftstellerin, 1830–1916

Als die Macht und die Liebe sich trennten

Am Anfang der Zeit war es so:
Die Macht und die Liebe wurden als Zwillinge geboren. Ihre Mutter war die Weisheit, ihr Vater der Mut. Die Geschwister wuchsen glücklich miteinander auf, und ihre Eltern hatten Freude an ihnen. Sie waren unzertrennlich und überall, wo sie hinkamen, schenkten sie Leben in Fülle. Sie überraschten die Menschen in ihren Häusern oder auf ihren Straßen und hinterließen glückliche Gesichter. Sie stifteten Frieden zwischen den Parteien und Völkern, sie verteilten die Güter dieser Welt gerecht, sie machten die Armen reich und die Reichen glücklich. Die Macht und die Liebe waren ein Herz und eine Seele, und wo sie in den Häusern der Menschen Platz fanden, da änderte sich alles zum Guten. So wanderten sie durch die Welt.
Eines Tages begegneten sie auf ihrem Weg dem Neid. Der Neid hatte sich fein herausgeputzt und sah recht stattlich aus. Sein Gewand glitzerte in der Sonne, und sein Geschmeide funkelte nur so im Licht.
»Ich sehe dich stets im Schatten der Liebe«, sagte der Neid zur Macht. »So kannst du nie etwas werden. Geh mit mir! Da wirst du größer und stärker. Du wirst sehen: Die Menschen werden dir die Hände und Füße küssen, sie werden dir schmeicheln und dir Opfer darbringen, sie werden dir ihre Seele verkaufen, nur um dich zu besitzen.«
Die Macht war wie geblendet. Sie dachte eine Weile nach. Dann sagte sie zur Liebe: »Der Neid hat recht. Lass uns für eine Zeit auseinandergehen. Wenn wir uns trennen, kann sich jede von uns selbstständig entwickeln. Keine ist dann mehr von der anderen abhängig, keine braucht mehr auf die andere Rücksicht zu nehmen. Ich werde derweil beim Neid in die Lehre gehen. Vielleicht treffen wir uns später einmal wieder.«

Ehe die Liebe antworten konnte, waren die Macht und der Neid schon hinter der nächsten Ecke verschwunden. Die Liebe sah noch, wie der Neid der Macht den Vortritt ließ. Ohnmächtig stand nun die Liebe am Wegrand und weinte. Sie erlebte sich schwach und kraftlos ohne die Macht. Sie spürte, wie sie allein nicht leben konnte. Wie ein Schatten legte sich Angst auf sie, die Angst, sich zu verirren, zu verletzen und nicht verstanden zu werden.

Die Macht fühlte sich unterdessen frei und ungebunden. Der Neid störte sie nicht, weil er immer einen Schritt zurückblieb und ihr den Vortritt ließ. Die Macht merkte, wie sie größer und größer wurde. Aber mit der Größe wuchs auch ihre Kälte. Es gefiel ihr, wenn sich Menschen vor ihr verkrochen oder ihr alles opferten, um sich mit ihr zu verbünden.

Sie bestieg einen großen Thron und ließ sich über die Köpfe der Menschen tragen. Sie genoss es, umjubelt zu werden. Die Macht hatte die Liebe bald vergessen. Sie umgab sich mit Waffen und Soldaten. Sie raubte den Armen den Frieden und vertrieb sie aus ihrer Heimat. Nur wer ihr die Seele verkaufte, durfte sich in ihrer Nähe aufhalten und sicher fühlen. Hinter ihr aber folgte stets der Neid.

In der Welt wurde nun alles anders. Kriege unter Menschen nahmen an Heftigkeit zu. Die Liebe war zu ohnmächtig, um sie zu verhindern. Viele erkannten sie nicht wieder und verwechselten sie mit dem Egoismus oder mit der Schwäche. Sie hatte nicht mehr die Kraft, das Böse in die Schranken zu weisen. Habgier und Gleichgültigkeit wuchsen. Die Natur wurde ausgeplündert und zertreten. Es wurde dunkler und kälter in der Welt. Menschen und Tiere begannen zu frieren. Sie wurden krank und starben oft einsam.

Da beschloss die Liebe, die Macht zu suchen und machte sich auf, auch wenn der Weg weit war. Eines Tages begegneten sie sich auf einer Kreu-

zung. Die Macht kam groß und gewaltig daher. Vor ihr und hinter ihr waren Wächter, bis unter die Zähne bewaffnet, die sie beschützen mussten. Die Macht sah dunkel aus.
Sie war eingehüllt in einen dicken, schwarzen Mantel. Ihr Gesicht war kaum noch zu sehen. Der Mantel aber war über und über mit Orden behaftet. Rechts und links trug man ihre Titel, damit die Menschen vor ihr in die Knie gingen.
Die Liebe nahm ihren ganzen Mut und ihre Weisheit zusammen, die sie von ihren Eltern geerbt hatte, und stellte sich der Macht in den Weg. »Du siehst unglücklich aus«, sagte die Liebe und blickte der Macht gerade ins Gesicht. »Früher hast du gestrahlt und warst schön.« – »Geh mir aus dem Weg«, sagte die Macht, »ich kenne dich nicht«. – »Erinnerst du dich nicht«, sagte die Liebe, »wie wir miteinander durch die Welt zogen. Du trugst ein leichtes Kleid, du konntest tanzen und springen, du liefst mit mir zu den Menschen, und sie alle nahmen uns mit offenen Armen auf. Wir konnten Frieden stiften, und alle hatten alles gemeinsam. Du warst mit mir mächtig ohne Waffen. Du brauchtest dich nicht zu schützen, und hinter dir zog nicht der Neid. Lass uns wieder miteinander ziehen. Schick sie alle weg, die dich jetzt umgeben und fernhalten von den Menschen und von mir. Auch ich brauche dich, denn ohne dich bin ich schwach und ohnmächtig. Ohne dich glauben mir die Menschen nicht. Sie lachen mich aus, verletzen und missbrauchen mich.«
Während die Liebe diese und andere Worte sprach, wurde der Macht immer wärmer, und weil auch die Macht ein Kind der Weisheit und des Mutes war, taute sie langsam auf und wurde kleiner und kleiner, bis sie wieder so groß war wie die Liebe. Da glitt der Mantel von ihrer Schulter, und die Orden zersprangen am Boden. Die Wächter fielen tot um, und die Titel flogen im Wind davon.

Ehe sich die Liebe und die Macht versahen, standen sie sich allein gegenüber. Da lachten sie einander an und fielen sich in die Arme. Der Neid, der die Macht begleitet hatte, war gewichen, und von der Liebe war der Schatten der Angst geflohen.
Seither gehen sie wieder miteinander, die Liebe und die Macht. Und sie sind stark geworden, die beiden. Und wenn du sie triffst, ruf mich, damit ich mit euch ziehen kann.

Wilhelm Bruners, Pfarrer, 1940

Liebe macht den Schwachen stark und den Starken schwach.

Lord George Gordon Noel Byron, britischer Dichter, 1788–1824

Der kleine weiße Esel

Es war einmal ein kleiner grauer Esel, der sich den ganzen Sommer lang auf der Weide vergnügte. Seine Mutter war eine sehr angesehene und hübsche Eselin.

Als der Winter seine ersten Zeichen setzte und dicke Schneeflocken vom Himmel herabfielen, war das Eselein verzückt von der weißen Farbe, die sein Fell bedeckte.

Ab diesem Tag beklagte sich der kleine Esel bei seiner Mutter, dass er kein graues Geschöpf mehr sein wolle, sondern so weiß wie der Schnee.

Die Eselin erklärte ihrem Sohn, dass nun mal alle Esel grau wären. Er sei sogar ein ganz besonders hübscher grauer Esel.

Doch den kleinen Esel konnten die Worte seiner Mutter nicht trösten und er fühlte sich gar nicht verstanden.

Eines Tages zur Mittagszeit kam er an einer alten Mühle vorbei. Der Müller lag im tiefen Schlaf versunken auf der Wiese. Da nützte der neugierige Esel die Gelegenheit, um sich in der Mühle umzusehen. Er entdeckte das viele weiße Mehl und wälzte sich darin, ohne lange zu überlegen. Über sein weißes Spiegelbild im Fensterglas war er so entzückt, dass er überglücklich davonsprang.

Die Freude des kleinen Esels dauerte jedoch nicht lange an, denn ein heftiger Regenschauer brach herab, sodass seine ursprüngliche Farbe bald wieder zum Vorschein kam.

Kurze Zeit später sah der Esel einen Maler auf der Leiter, welcher ein Haus mit weißer Farbe tünchte. Der Kleine rannte auf den Eimer zu, der am Boden stand, gab diesem mit seinen Hufen einen Tritt und wälzte sich vergnügt in der weißen Farbe. Bis der Maler laut fluchend von der Leiter herunterkam, war der weiße Esel längst über alle Berge.

Eigenliebe
ist der Beginn
einer lebenslangen
Leidenschaft.

Oscar Wilde,
irischer Schriftsteller, 1854–1900

Nun endlich war der kleine Esel von ganzem Herzen froh.
Als Erstes besuchte er seinen Freund, das Lämmchen, um diesem seine weiße Pracht zu zeigen. Doch dort wurde er zuerst gar nicht erkannt und hinterher nur ausgelacht. »Du bist nur ein dummes Schaf und neidisch auf mich!«, rief das Grautier und machte sich auf den Weg zu seinem besten Freund, dem Zicklein.
Dieses warf sich vor Lachen auf den Boden und konnte gar nicht mehr einhalten. »Was bist du nur für eine blöde Ziege!«, sprach das Eselein und lief weiter.
Doch auch beim Kälbchen, beim Pony und bei all seinen Freunden erging es ihm nicht anders.
Betrübt, mit hängendem Kopf, ging er nach Hause. Da schrie ihn seine Mutter an: »Was willst du hier? Verschwinde aus meinem Stall!« Kleinlaut entgegnete das Eselein: »Aber Mama, ich bin es doch, dein Sohn.« Doch diese rief weiter: »Du Lügner, mach, dass du fortkommst, du bist nicht mein Sohn. Dieser ist das wunderbarste Eselskind, das die Welt je gesehen hat, und du bist nichts weiter als ein lächerliches Geschöpf!«
Da trottete das Eselein zum See und betrachtete sich im Spiegel des Wassers. Plötzlich fühlte es sich in seinem gefärbten Fell nicht mehr wohl und stieg in das kühle Nass, um mit viel Mühe und Not seine weiße Farbe wieder abzuwaschen. Stunden später kehrte es halb erfroren in seinem gewohnten Grau in den warmen Stall zurück.
Freudig wurde das Eselskind von seiner Mutter begrüßt: »Da bist du ja endlich, mein Kind. Was für ein hübscher Junge du nur bist und was du nur für ein dichtes, glänzendes Fell hast!«
Der Esel begann zu niesen und schmiegte sich ganz eng an seine Mama. Von diesem Tag an wollte er nie wieder jemand anders sein als nur er selbst!

Ein Ja zu mir …

Du verstehst mich,
auch wenn ich nicht immer die richtigen Worte finde.

Du siehst mich,
auch wenn ich mich anders zeige, als ich mich wirklich fühle.

Du hörst mich an,
selbst wenn du anderer Ansicht bist.

Du nimmst dir Zeit für mich,
selbst wenn du sehr beschäftigt bist.

Dass du mich verstehst, siehst, hörst und bei mir bist – hilft mir,
immer mehr mich selbst zu erkennen und an mich zu glauben!

Danke, dass es dich gibt.

Freunde sind wie Engel, die
ihre Flügel über uns ausbreiten,
wenn wir vergessen haben,
wie man fliegt.

Kann man mit Geld alles kaufen?

Tante Mathilde war gerade zu Besuch auf dem Sternöderhof, um ihre Weihnachtsgeschenke abzuliefern. Die fünfjährige Anna hörte die Stimme ihrer Taufpatin und stürmte freudig ins Wohnzimmer, um sie zu begrüßen. Als ihr die Tante ein paar Münzen zusteckte, strahlte sie übers ganze Gesicht, verschwand und kam umgehend mit einem vollen Sparschwein zurück.

Die Kleine fragte: »Du, Tante, mit Geld kann man doch alles kaufen, oder?« Die Tante meinte: »Na ja, vielleicht nicht alles, aber man kann sich viele Wünsche erfüllen.« Ganz aufgeregt murmelte das Kind vor sich hin: »Hoffentlich reicht das Geld.«

Die Tante war nun neugierig geworden und wollte wissen, für was sie denn so viel Geld brauche?

»Die Mama sagt immer, wenn sie sich ein paar Stunden Zeit kaufen könne, dann würde sie so gerne mit mir spielen. Tante, kannst du nicht in der Stadt für Mama ein paar Stunden Zeit kaufen, damit sie mehr Zeit für mich hat?«

Die Tante war gerührt und versprach, ihr Möglichstes zu tun.

Mathilde ging nachdenklich in die Küche, wo sie ihre Schwester mit hochrotem Kopf beim Putzen vorfand. Gleich fing diese an zu jammern, wie viel Arbeit sie habe, dass nur noch zwei Wochen bis Weihnachten seien und dass sie noch kein einziges Geschenk gekauft habe ... Die Tante unterbrach ihren Redeschwall, hielt ihr das Sparschwein hin und fragte, ob sie wisse, wofür Anna hier spare? Auf ihre Verneinung hin erklärte sie, dass Anna von diesem mühsam zusammengesparten Geld ein paar Stunden Zeit kaufen wolle, um die Mama auch mal für sich allein zu haben!

Betroffen wischte die Mutter ihre Hände an der Schürze ab und setzte sich auf einen Stuhl.
Mathilde legte ihr die Hand auf die Schultern und sagte, noch bevor sie ging: »Weißt du, wenn deine Kinder groß sind, werden sie sich nicht an deine sauberen Fenster oder deinen perfekten Garten erinnern. Doch die Zeit, die du mit ihnen verbracht hast, bleibt für immer unvergessen!«
Die Mutter stellte den Putzeimer zur Seite und ließ ihre Arbeit ruhen. Sie band ihre Schürze ab und ging mit Tränen der Rührung ins Kinderzimmer.

Sage nicht immer:
Wenn ich Zeit dazu habe.
Vielleicht findest du nie Zeit dafür.
Daher nimm dir Zeit, für alles,
was dir am Herzen liegt!

In die Zukunft schauen

Es war einmal ein weiser, alter Mönch, von dem erzählt wurde, er könne in die Zukunft sehen. Er wohnte in einem kleinen Kloster auf einem abgelegenen Berg.

Eines Tages nahm eine Frau den mühsamen Weg auf sich, um den Mann aufzusuchen. Der Weise hieß sie herzlich willkommen, doch als sie ihn bat, ihr die Zukunft vorherzusagen, verweigerte er ihr diesen Wunsch.

Die Frau wies den Mönch darauf hin, wie oft sie schon Almosen gegeben und wie viele Münzen sie schon für sein Kloster gespendet habe.

Der weise Mann sprach zu ihr: »Reich mir deine Hand, damit ich die Linien deuten kann.«

Er hatte noch nie zuvor jemandem den Wunsch gewährt, aus der Hand gelesen zu bekommen. Die Frau war daher sehr aufgeregt.

Er fuhr mit seinem Finger sanft ihre Handlinien nach und murmelte leise vor sich hin: »Oh, das ist aber erstaunlich, sehr interessant, das ist wirklich erkenntnisreich!«

Die Frau wurde immer ungeduldiger und konnte kaum noch erwarten, was ihr der Mönch vorhersagen würde.

Nach etlichen Minuten ließ er ihre Hand los und sprach: »Gute Frau, da steht also deine Zukunft geschrieben. Du weißt sicher auch, dass ich mich niemals irre!«

»Ja, ich weiß darum. Doch sagt mir doch endlich, wie meine Zukunft werden wird.«

»Deine Zukunft«, antwortete der Alte, »ist ungewiss. Sie liegt alleine in deiner Hand.«

Nach einer Geschichte

Die Zukunft hat viele Namen:
Für die Schwachen ist sie das Unerreichbare.
Für die Furchtsamen ist sie das Unbekannte.
Für die Tapferen ist sie die Chance.

Victor Hugo, franz. Schriftsteller, 1802–1885

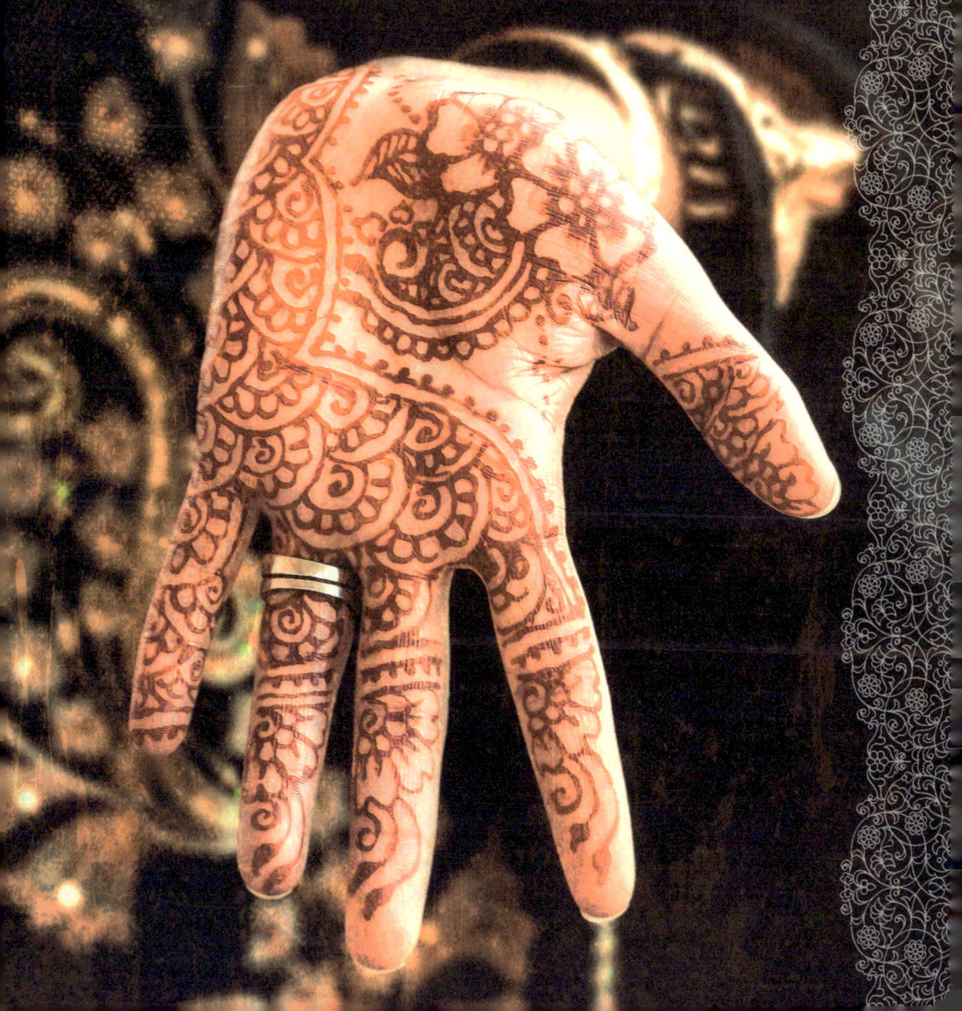

Nichts ist selbstverständlich

Du sagst, ich war verschlossen wie ein Grab, kalt und unnahbar.
Du sagst, dass ich dich nie verstanden und dir nie zugehört habe.
Du sagst, meine Worte und Gesten haben dich verletzt.
Wie oft meinte ich, Tränen in deinen Augen zu sehen, doch ich wollte sie nicht sehen.
Wie oft meinte ich, dass du überlastet warst, doch ich wollte dir nicht helfen.
Wie oft meinte ich, dass du mich brauchst, doch meine Arbeit ging vor.
Nie habe ich dich vermisst, denn du warst immer bei mir.
Nie habe ich dir gesagt, wie schön du bist.
Nie habe ich dir gesagt, wie sehr ich dich liebe und brauche!
Ich habe dich als einen Teil von mir gesehen. Du standest immer bei mir, im Schatten meiner Eitelkeit.
Nun stehst du mit den Kindern in der Tür und gehst.
Du sagst, du kannst nicht mehr!
Nun gäbe ich weiß Gott was dafür, wärst du heut Nacht noch neben mir und ich könnte deinen Atem auf meiner Haut spüren.
Nun endlich bin ich aufgewacht. Zu spät?

Glück entsteht oft durch Aufmerksamkeit
in kleinen Dingen,
Unglück oft durch Vernachlässigung kleiner Dinge.

Wird Wilhelm Busch zugeschrieben, deutscher Schriftsteller, 1832–1908

Das Leben der Eltern ist das Buch, in dem die Kinder lesen.
Augustinus Aurelius, Bischof von Hippo, Philosoph, 354–430

Förderungsfähige Eltern

Ein 16-jähriges Mädchen klagt der klugen Lieblingstante ihr Leid: »Jeden Tag gibt es Streit mit meinen Eltern. Ich verstehe sie einfach nicht mehr! Sie haben keinen Sinn für Modernes, haben altmodische Ansichten, sind bestimmend, konservativ, rückständig und einfach uncool!«
Die Tante nickt verständnisvoll: »Ich kann dich bestens verstehen. Als ich in deinem Alter war, ging es mir genauso mit meinen Eltern. Du musst nur ein wenig Geduld haben. Ältere Leute entwickeln sich langsamer. Meine Eltern hatten nach wenigen Jahren schon so viel dazugelernt, dass ich mich schon ganz vernünftig mit ihnen unterhalten konnte. Und du wirst es kaum glauben. Heute, nach fünfzehn Jahren, gehe ich jedes Mal zu meinen Eltern, wenn ich einen Rat brauche. Siehst du, so können die sich ändern!«

Von den Fesseln befreit

Einem König wurden die in Ketten gefesselten neuen Sklaven vorgeführt. Alle standen gebückt und mit gesenktem Blick. Nur ein Einziger hatte sein Haupt erhoben. Er lächelte und summte ein fröhliches Lied vor sich hin. Obwohl er die Peitsche der Wärter zu spüren bekam, ließ er von seinem Singen nicht ab!
Der König sprach ihn sogleich verwundert an: »Was ist mit dir, Sklave? Wie kannst du in deiner Lage guter Dinge sein?«
»Mein König. Eure Wärter haben nur mich und meine Beine in Ketten geschlagen. Mein Herz jedoch erreichen sie nie!«
Der Herrscher ließ den Sklaven zu sich in seine Gemächer rufen. Nach langen Gesprächen ernannte ihn der König zu seinem neuen Berater. Umgehend wurde im gesamten Königreich die Sklaverei abgeschafft. Daraufhin wurde das Land reicher und das Volk zufriedener als jemals zuvor!

Tyrannenmacht kann nur die
Hände fesseln.

Johann Christoph Friedrich von Schiller,
deutscher Dichter, 1759–1805

Die rettende Hand

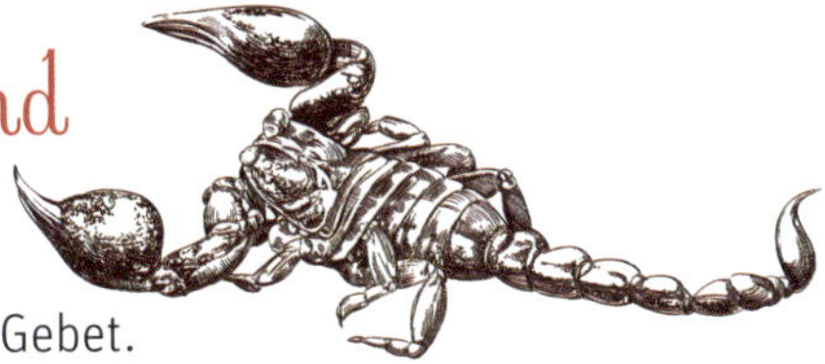

Ein alter Pfarrer saß am Ufer
eines Flusses und sprach sein Gebet.
Erstaunt sah er einen Skorpion hilflos im Wasser auf sich zutreiben.
Sofort streckte der Mann dem Tier seine rettende Hand entgegen, wurde jedoch umgehend von diesem gestochen. Erschrocken zog er seine Hand zurück und das Tier blieb im Wasser.
Daraufhin nahm der Pfarrer einen Ast, an dem sich der Skorpion festhalten konnte, und zog so das Tier ans Ufer. Noch bevor er dieses an das sichere Land bringen konnte, wurde der gute Mann erneut gestochen.
Nebenan saß ein Fischer, der das Ganze beobachtet hatte, und reichte dem Pfarrer wortlos sein Netz.
So konnte der alte Mann das Tier retten, ohne nochmals gestochen zu werden.
Mit Worten des Dankes gab er dem Fischer sein Netz zurück. Dieser fragte ihn verwundert: »Wie konntest du nur diesem elenden Geschöpf immer wieder helfen, wenn du dabei zum Dank nur Schmerzen zugefügt bekommst?«
Da antwortete der Pfarrer: »In der Natur des Skorpions liegt es, zu stechen. In meiner Natur liegt es, barmherzig zu sein.«

Nach einer Geschichte

**Bleib deinem Charakter treu, selbst dann, wenn dir jemand Böses antut.
Triff lediglich gewisse Vorsichtsmaßnahmen zu deinem eigenen Schutz.**

Des Nachbars Kaninchen

In einem Dorf lebten seit vielen Jahren zwei benachbarte Familien harmonisch nebeneinander. Die gleichaltrigen Kinder trafen sich täglich zum Spiel. Daher gab es zwischen den Grundstücken auch keinen Gartenzaun. Die eine Familie hatte einen Hund, die andere besaß Kaninchen. Selbst die Haustiere lebten friedlich zusammen und suchten oft die benachbarten Gärten auf.
Der Nachbar mit dem Hund befürchtete lange Zeit grundlos, dass seinen friedlichen Vierbeiner irgendwann doch der Jagdtrieb packen und er über die Kaninchen herfallen könne.
Tatsächlich schleppte der Hund eines Tages ein totes Kaninchen an, das über und über mit Erde und Schlamm verdreckt war!
Der Hundebesitzer erschrak zutiefst! Er beschimpfte das Tier und sperrte es umgehend in den Zwinger ein. Die Angelegenheit war ihm äußerst peinlich, zudem fürchtete er um das gute nachbarschaftliche Verhältnis! Außerdem wollte er den Kindern den Schock ersparen, dass nach so vielen Jahren letztendlich der Hund doch seinem Jagdtrieb erlegen war. Ohne lange zu überlegen, nahm er das tote Kaninchen mit ins Haus, wusch es und trocknete es mit dem Föhn. Anschließend brachte er es heimlich auf das Nachbargrundstück und legte es so ab, dass es aussah, als wäre der Spielkamerad friedlich eingeschlafen.
Am nächsten Abend traf er seinen Nachbarn am Stammtisch, der ihm ganz aufgeregt Folgendes erzählte: »Bei uns hat sich etwas sehr Merkwürdiges ereignet! Unser altes Kaninchen ist vor wenigen Tagen verstorben. Ich habe im Garten ein Grab geschaufelt und das Tier selbst begraben. Heute jedoch, du wirst es nicht glauben, lag das Kaninchen wie schlafend mit glänzendem Fell wieder auf unserem Rasen!?«

Nach einer Geschichte

Alle Heimlichkeiten
bleiben es nur eine Weile.

Christina von Schweden, schwedische Königin, 1626–1689

Dem Leben Sinn geben

Einst lebte in Frankreich ein älterer Mann, dessen geliebte Frau verstorben war. Als auch noch sein einziger Sohn ums Leben kam, fragte er sich, wofür er noch leben solle?
Er verließ seinen Bauernhof und begab sich mit seinen Schafen auf Wanderschaft.
Nach einer Weile kam er in eine trostlose Gegend, man könnte beinahe Wüstenlandschaft dazu sagen. Durch das rücksichtslose Roden der Wälder hatte der Boden keinen Schutz mehr.
In den wenigen Dörfern, durch die er zog, waren die meisten Häuser verfallen und viele Menschen bereits weggezogen.
In der Hoffnung, dort vergessen zu können, siedelte er sich an und suchte nach einer sinnvollen Beschäftigung, um sich abzulenken. Er erkannte, dass ohne Bäume bald die ganze Landschaft absterben würde – dies wollte er verhindern.
So besorgte er sich Säcke mit Eicheln und steckte eine nach der anderen in den Boden.
Nun hatte er eine Aufgabe, die ihn erfüllte, und er hoffte, dass Gott ihm noch viel Zeit schenken würde, um so weitermachen zu können. Nach nur wenigen Jahren sah er die Früchte seiner Arbeit. Viele der 100.000 gesetzten Eicheln waren angewachsen.
Die unzähligen Wurzeln der Eichen hielten den Regen fest, Wasser floss wieder in den Bächen, die Weiden und Wiesen erblühten, auch die Vögel kehrten zurück.
In den Dörfern siedelten sich wieder Familien an. Die Häuser wurden renoviert und neue hinzugebaut.

Die Menschen bekamen wieder Freude am Leben und feierten mit dem Mann noch viele Feste.
Seine Trauer konnte er nie ganz vergessen. Doch er war sehr dankbar dafür, dass mit dem Erblühen seiner Wälder auch er selbst innerlich erblühte und sein Leben noch einmal einen Sinn bekommen hatte.
Mitte des 19. Jahrhunderts starb der Mann friedlich mit knapp 90 Jahren. Es heißt, dass er drei einzigartige, wunderschöne Wälder hinterließ, die elf Kilometer lang und drei Kilometer breit sind.
Noch heute spazieren viele Verliebte in diesen Eichenwäldern und spüren deren wunderbare Energie.

Nach einer wahren Geschichte

Verlässliche Wettervorhersage?

Eine Gruppe von Indianern suchte einen Schamanen auf, der bis über die Landesgrenzen hinaus für seine Hellsichtigkeit bekannt war. Sie befragten ihn, wie der kommende Winter werden würde.
Der Schamane entzündete ein Feuer aus verschiedensten Hölzern und warf besondere Kräuter in die Flammen. Singend tanzte er um das Feuer herum und rief die mächtigen Geister zu sich.
Nach Beendigung seiner Zeremonie teilte er den Indianern Folgendes mit:
»Ich habe gesehen, dass ein sehr strenger und kalter Winter auf euch zukommt. Sammelt so viel Holz, wie ihr nur könnt, denn ihr werdet es dringend brauchen!«
In den nächsten Tagen verbreitete sich diese besorgniserregende Botschaft unter allen Indianerstämmen.
Nach einigen Wochen jedoch überkamen den Hellsichtigen Zweifel an seiner Vorhersage.
So rief er beim meteorologischen Wetterdienst an und erkundigte sich nach den Wetterprognosen für den kommenden Winter.
Der Meteorologe am anderen Ende der Leitung antwortete ihm: »Es wird mit Sicherheit ein sehr strenger Winter auf uns zukommen, denn man sieht überall Indianer, die wie verrückt Holz sammeln!«

Prognosen sind eine schwierige Sache.
Vor allem, wenn sie das Wetter betreffen.

Wie sind wohl die Nachbarn?

Ein Mann suchte den Bürgermeister eines Dorfes auf: »Ich erwäge, in Ihre Gemeinde zu ziehen. Doch ich frage mich, wie wohl meine Nachbarn sind? Sie können mir doch sicher etwas über die Leute hier im Ort erzählen.« Der Bürgermeister fragte: »Wie sind denn die Menschen dort, wo Sie herkommen?« Der Besucher antwortete: »Ach, diese sind allesamt Lügner und Betrüger sowie sehr unfreundliche Zeitgenossen!« Da erwiderte der Bürgermeister: »Die Menschen hier sind wohl vom gleichen Schlag.« Der Mann verabschiedete sich und kehrte nie mehr zurück.

Tage später betrat ein anderer Fremder das Dorf. Er machte den Bürgermeister ausfindig und sagte: »Ich trage mich mit dem Gedanken, in dieses schöne Dorf zu ziehen. Können Sie mir etwas über die Menschen sagen, die hier leben?« Wiederum bat der Bürgermeister: »Erzählen Sie mir doch, wie die Menschen sind, unter denen Sie bisher gelebt haben.« Der Fremde entgegnete: »Ach, die sind freundlich, hilfsbereit und gutmütig. Allesamt besonders liebe Menschen, die ich sehr vermissen werde.« Der Bürgermeister antwortete: »Genauso sind die Menschen hier in unserem Dorf.«

**Der Mensch ist der Spiegel der Welt.
Von ihm hängt es ab, ob das Spiegelbild klar
oder beschlagen ist.**

Wilhelm Raabe, deutscher Schriftsteller, 1831–1910

Die fleißigen Ameisen

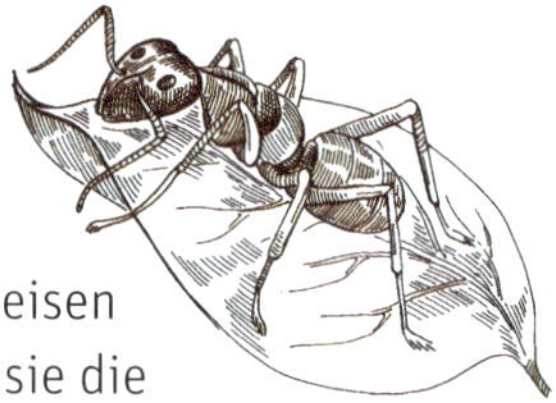

Jeden Morgen erschienen die fleißigen Ameisen pünktlich und fröhlich zur Arbeit. Obwohl sie die meiste Zeit des Tages schwer arbeitend verrichteten, liebten sie ihren Beruf. Immer ein Liedchen summend, arbeiteten sie emsig vor sich hin und machten, wenn Not am Mann war, auch diverse Überstunden.
Der Generaldirektor, eine fette Ratte, stellte eines Tages fest, dass es niemanden gab, der die Ameisen bei ihrer Arbeit beaufsichtigte.
So wurde der Mistkäfer als Abteilungsleiter eingestellt, um die Ameisen zu kontrollieren. Sofort erstellte dieser diverse Berichte und begann, die Arbeitsabläufe und Arbeitszeiten zu standardisieren. Die Ameisen mussten nun regelmäßig Bericht erstatten und alles dokumentieren.
Zur Unterstützung des Mistkäfers wurde diesem umgehend die Fliege als seine persönliche Sekretärin zur Seite gestellt. Diese kümmerte sich um sämtliche Telefonate, den Schriftverkehr und die endlose Aktenablage.
Die fleißigen Ameisen arbeiteten froh und munter weiter, und von Zeit zu Zeit summten sie ihre Liedchen.
Der Generaldirektor war ganz begeistert von den täglichen Berichten des Mistkäfers. Er wollte immer mehr grafische Darstellungen, Kalkulationen und Zukunftsanalysen auf seinem Tisch sehen.
So wurde es nötig, die Heuschrecke als Betriebswirtin einzustellen. Dieser wurde, ihrer Stellung gemäß, ein Firmenwagen zugeteilt sowie ein neues Büro eingerichtet. Um ihr Arbeitspensum bewältigen zu können, wurde ihr die kleine Kröte als Schreibkraft zur Verfügung gestellt. Natürlich bekam diese auch einen neuen Schreibtisch mit rückenschonendem Stuhl.

Wer am falschen Faden arbeitet,
zerstört das ganze Gewebe.

Konfuzius, chinesischer Philosoph, um 551–479 v. Chr.

Die fleißigen Ameisen arbeiteten weiter und summten nur noch ganz selten ein Liedchen.
Sie beschwerten sich beim Generaldirektor, dass sie mit den unzähligen neuen Anweisungen, den Richtlinien und dem vielen Schreibkram, den sie auszufüllen hätten, kaum mehr zu ihrer eigentlichen Arbeit kämen.
Daraufhin beschloss der Generaldirektor, die Grille als Personalchefin einzustellen.
Für die Abteilung, in der die Ameisen arbeiteten, wurde zusätzlich dem Maulwurf der verantwortungsvolle Posten des Administrators anvertraut. Über gute Beziehungen gelang es diesem, seine ehemalige Sekretärin und Geliebte gleich mitzubringen.
Die fleißigen Ameisen kamen nun richtig in Stress und summten gar nicht mehr!
Der Generaldirektor stellte fest, dass die Abteilung der Ameisen bei Weitem nicht mehr die früheren Gewinne erwirtschaftete.
So wurde gegen ein beträchtliches Entgelt der Uhu als Unternehmensberater engagiert. Wochenlang wirbelte er in allen Abteilungen umher, um zu analysieren und zu diagnostizieren.
Nach zwei Monaten legte er dem Generaldirektor seinen Abschlussbericht vor, der Folgendes besagte: »Sie haben zu viel Personal, es müssen Stellen abgebaut werden!!!« Dem Expertenbericht des Uhus folgend, entließ die Ratte alle Ameisen, die immer so fleißig und fröhlich gearbeitet hatten.
Nun verstanden die Ameisen die Welt nicht mehr.

Aller Anfang ist schwer?

Ein junger Mann hatte äußerst erfolgreich alle Studiengänge abgeschlossen. Hochmotiviert beschloss er, sofort in die Selbstständigkeit zu starten. Er stellte sogleich eine Sekretärin an und richtete sich ein beeindruckendes Büro ein.
Seine Neueröffnung als Unternehmensberater kündigte er in sämtlichen regionalen Tageszeitungen an.
Bereits am ersten Vormittag meldete seine Sekretärin einen Mann, der zu ihm wollte.
Der Unternehmer ließ ihn zunächst einige Minuten warten. Als dieser dann sein Büro betrat, nahm er, um auf seinen ersten Klienten einen noch stärkeren Eindruck zu machen, den Telefonhörer ab und täuschte ein äußerst wichtiges Gespräch vor.
Als er den Hörer wieder auf die Gabel legte und seinen Besucher begrüßte, stellte er fest, dass dieser wirklich große Augen bekommen hatte. Geschäftig fragte er: »Was kann ich für Sie tun, mein Herr?«
Der Besucher antwortete verwirrt: »Ich bin der Monteur und bin gekommen, um Ihr Telefon anzuschließen.«

Der menschlichen Kunst der Täuschung
sind Grenzen gezogen.

Sir Arthur Conan Doyle, englischer Romanschriftsteller, 1859–1930

Endlich Feierabend

Der Inhaber einer großen Firma war den ganzen Tag über außer Haus, um wichtige geschäftliche Dinge zu regeln. Nachdem er auf dem Rückweg noch eine gefühlte Ewigkeit im Stau stand, ist er nun heilfroh, endlich sein gemütliches Büro wieder zu betreten.

Verwundert betritt er sein Arbeitszimmer, das während seiner Abwesenheit weder beheizt noch gelüftet wurde. Der volle Aschenbecher sowie seine Kaffeetasse und weiteres Geschirr vom Vortag stehen noch auf dem Schreibtisch. Die Blumen lassen ihre Köpfe hängen und der Anzug aus der Reinigung hängt nicht wie gewohnt am Haken.

Seine Tageszeitung sowie das Wirtschaftsmagazin liegen nicht bereit, ebenso wenig die bestellten Opernkarten – dafür aber jede Menge ungeöffneter Briefe.

Er fährt seinen Computer hoch und sieht im Augenwinkel, dass der Anrufbeantworter blinkt und etliche Anrufer eine Nachricht für ihn hinterlassen haben.
Es trifft ihn beinahe der Schlag, als er unzählige Spams und über hundert, noch nicht beantwortete E-Mails vorfindet. Erschwerend kommt hinzu, dass er nirgends die von ihm diktierten Briefe vorliegen sieht.
Völlig entgeistert rennt er nach nebenan, um seine Sekretärin zu suchen. Er findet sie mit einem Glas Prosecco und sich die Nägel lackierend an ihrem Schreibtisch.
Lächelnd begrüßt sie ihren Chef und fragt, wie sein Tag gewesen ist?
Mit hochrotem Kopf schreit dieser: »Wie mein Tag gewesen ist? Ich möchte wissen, was hier heute geschehen ist!«
Die Sekretärin antwortet freundlich und gelassen. »Wissen Sie, Sie fragen mich jeden Abend, was ich um Himmels Willen den ganzen Tag über tue.« Sie nimmt noch genussvoll einen kleinen Schluck aus ihrem Glas und spricht weiter: »Und heute – hab ich einfach einmal nichts gemacht!«

Ich bin bis heute dem Mann noch nicht begegnet,
wie berühmt er auch sein mochte,
der nicht nach einer Anerkennung
besser und einsatzfreudiger gearbeitet hatte
als nach einem Tadel.

Charles M. Schwab, amerikanischer Stahlindustrieller, 1862–1939

Die geteilte Mahlzeit

Angelockt von dem köstlichen Duft gebratener Würstchen steuert eine ältere Frau auf einen Stehimbiss zu.
Wenige Minuten später trägt sie ihren Teller zu einem Stehtisch und stellt ihre Tasche darunter. Schnell eilt sie noch einmal zur Theke, da sie ihr Besteck vergessen hat.
Als sie zum Tisch zurückkehrt, steht dort eine junge, südländisch wirkende Frau mit einer fragwürdigen Frisur, zerrissenen Jeans und exotischer Kleidung und isst doch tatsächlich mit großem Appetit die Würstchen. Die Ältere ist etwas verwirrt, besinnt sich jedoch auf ihre Nächstenliebe und lächelt ihrer Tischnachbarin daher milde zu. Gemeinsam essen die beiden von einem Teller.
Nach der Mahlzeit verabschiedet sich, zum Erstaunen der Barmherzigen, die junge Frau freundlich in perfektem bayerischen Dialekt. Im Gehen legt sie ein Zwei-Euro-Stück auf den Tisch, damit sich die Ältere noch einen Kaffee leisten kann.
Verwirrt von dem eben Erlebten will die Frau unter dem Tisch nach ihrer Handtasche greifen. Doch sie findet nichts, die Tasche ist weg! »Welch eine bodenlose Frechheit«, entsetzt sie sich, »so eine hinterhältige Göre!« Sichtlich enttäuscht, mit rasendem Puls, schaut sie sich nach der Diebin um. Doch diese ist spurlos verschwunden. Da fällt ihr am Nachbartisch ein Teller mit Würstchen auf, die inzwischen kalt geworden scheinen. Und was steht unter dem Tisch? Ihre Handtasche.

Jeder Irrtum hat drei Stufen:
Auf der ersten wird er ins Leben gerufen,
auf der zweiten will man ihn nicht eingestehen,
auf der dritten macht nichts ihn ungeschehen.

Franz Grillparzer, österreichischer Schriftsteller, 1791–1872

Das Gute, das du gibst ...

Zwei Nachbarinnen hatten einen bösen Streit, der sich immer mehr zuspitzte. Eines Tages überlegte die Eine, wie sie die Andere für einige Zeit außer Gefecht setzen könnte. So backte sie ein Brot und mischte eine Zutat hinein, die zu schlimmen Magenkrämpfen führen sollte. Dieses schenkte sie der verhassten Nachbarin als ein Zeichen des Friedens.
Die Andere zeigte sich erstaunt, aber auch erleichtert, dass der alte Streit nun endlich begraben sein würde und reichte ihr die Hand.
Doch die zugefügten Wunden saßen tief und sie konnte es nicht über sich bringen, von dem Brot zu essen. Sie brachte es aber auch nicht übers Herz, das Friedenszeichen in den Abfall zu geben. So schnitt sie das Brot in kleine Stücke und warf diese bei der Nachbarin über den Zaun, damit sich wenigstens deren Gänse daran erfreuen konnten ...

Der Betrug kehrt zu seinem Herrn zurück.

Aus Frankreich

Ein Lebenswerk

Es war einmal ein fleißiger, alter Weinbauer, der spürte, dass seine Zeit gekommen war. Er hatte den innigen Wunsch, dass sein Lebenswerk auch in den nächsten Generationen weiterbestehen möge.

Doch seine drei Söhne verrichteten stets nur die nötigsten Arbeiten und sprachen lieber dem Wein als der Pflege der Reben zu.

So ließ sie der Vater an sein Sterbebett rufen und sprach: »Meine lieben Söhne, meine Stunden sind gezählt. Alles Vermögen, das ich euch hinterlasse, werdet ihr, wenn ihr gründlich sucht, in unseren Weinbergen finden!«

Die Söhne glaubten, dass der Vater dort seine Münzen versteckt haben müsse und machten sich sogleich an die Arbeit. Nach vielen Wochen des Umgrabens gaben sie resigniert auf, ohne das Gesuchte gefunden zu haben.

Doch ganz umsonst war ihre Arbeit nicht. Die Weinstöcke freuten sich über die lockere Erde und trugen Früchte in Hülle und Fülle.

Da erahnten die Söhne die List ihres seligen Vaters. Sie waren ihm jedoch nicht gram, sondern erkannten nun die Schätze der Weinberge und sahen diese in einem ganz neuen Licht. Fortan erfreuten sie sich an den Früchten ihrer Arbeit.

Das Wissen um den richtigen Weinbau wurde über viele Generationen weitergegeben, und heute zählt das Weingut zu den besten des Landes.

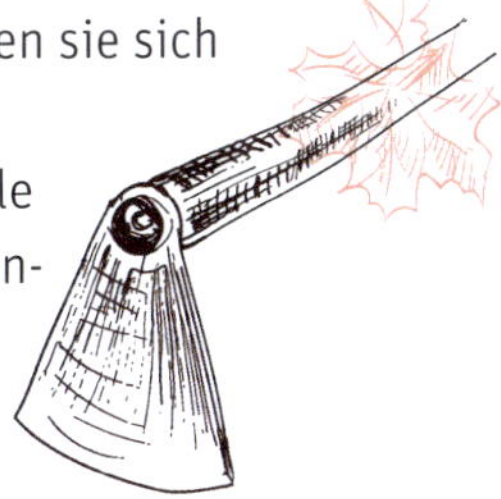

Es hört doch jeder nur, was er versteht.

Johann Wolfgang von Goethe, deutscher Dichter, 1749–1832

Was ist die Liebe?

Die fünfjährige Veronika fragte ihren Vater, ob er ihr erklären könne, was die Liebe sei? Der Mann meinte verlegen: »Seitdem deine Mutter und ich uns getrennt haben, kann ich das nicht mehr sagen. Ich dachte, das wäre die Liebe gewesen, doch ich hab mich wohl getäuscht.«
Daraufhin befragte die Kleine ihre Mutter, diese konnte ihr die Frage auch nicht beantworten und meinte nur: »Frag deinen Papa.«
Im Kindergarten fragte sie ihre Erzieherin, ob sie wüsste, was die Liebe sei? Diese sagte ihr lächelnd: »Liebe ist ein Geschenk und wenn du groß bist, wirst du sie hoffentlich kennenlernen.« Auf die weitere Frage, ob man Liebe auch kaufen könne, antwortete sie: »Nein, doch es gibt Menschen, die denken, dass Liebe käuflich sei.«
Egal, wen Veronika nach der Liebe fragte, nie bekam sie eine Antwort, die sie zufriedenstellte. Doch irgendjemand musste ihr doch erklären können, was die Liebe ist.
Sie fragte ihre neue Tagesmutter, ob sie wüsste, was die Liebe sei? »Ja, natürlich weiß ich, was die Liebe ist«, und das Kind wurde ganz hellhörig, »Liebe kannst du nur bekommen, wenn du auch Liebe gibst. Dann klopft dein Herz ganz wild und fühlt sich bunt und warm an.« Veronika fragte, was mit dem Herz passiert, wenn man alleine ist? Traurig antwortete die Ältere: »Dann fühlt sich das Herz wieder farblos, leer und kalt an.«
In den Ferien besuchte Veronika ihre alte Großmutter. Sie dachte, dass doch die Oma wissen müsse, was die Liebe ist. Immerhin sei diese schon über fünfzig Jahre lang glücklich verheiratet.
Die Oma lächelte, als ihr die Kleine die Frage stellte. Sie ging schnell ins Haus und kam mit einer kleinen, alten Schatztruhe wieder zurück:

»Schau hinein und du wirst die Antwort auf deine Frage finden.« Veronika öffnete vorsichtig die Truhe. Sie sah darin einen Spiegel.
»Schau dich an«, forderte die Oma sie auf, »du hast die Liebe in dir selbst. Dein Herz strahlt in den schönsten Farben und du darfst dich immer selber lieben, und zwar genau so, wie du bist. Jeder, der sich selbst liebt, strahlt dies aus und zieht Menschen an, die ihn lieben können. Die Liebe ist immer in dir, denk daran mein Kind.«

Liebe fängt bei einem selber an.

Aus Schlesien

Der Fuchs und der Singvogel

Eines schönen Frühlingstages saß ein Singvogel im Gebüsch und bezauberte den ganzen Wald mit seinen Melodien.
Ein griesgrämiger Fuchs konnte an dem fröhlichen Gesang keinen Gefallen finden. Das listige Tier überlegte, wie es dem Vögelchen den Garaus machen könne.
Es näherte sich dem Gebüsch und sprach: »Welch herrliche Singstimme du doch hast. Doch sag mir, ist es wahr, dass du nur mit offenen Augen singen kannst? Die Waldtiere sagen, dass du mit geschlossenen Augen nur ein jämmerliches Krächzen hervorbringen würdest!«
Der Singvogel lachte glockenhell und erwiderte: »Wem ist denn so ein Unsinn eingefallen? Ich werde dir gerne das Gegenteil beweisen.«
Das Vögelchen schloss die Augen und stimmte gerade zu einem wunderschönen Lied an, als der schlaue Fuchs einen Sprung machte und sich seine Beute schnappte.
Durch das plötzliche Abbrechen des Gesangs wurde ein Jäger auf den Fuchs aufmerksam und schickte sich an, seine Hunde auf ihn zu hetzen.
Das Vögelchen sprach: »Schnell, sag dem Jäger, dass ich freiwillig mit dir gehe, sonst ist es um uns beide geschehen!«
Der Fuchs öffnete sein Maul, um zu sprechen. Da rettete sich der Singvogel auf den nächsten Baum und das listige Tier konnte im letzten Augenblick den Hunden entfliehen.
So lernten beide an diesem Tag eine wichtige Lektion fürs Leben. Der Fuchs erkannte, dass es Situationen gibt, wo man besser schweigen sollte. Das Vögelchen erfuhr, dass man mit offenen Augen durch die Welt gehen sollte.

Gehe stets mit offenen Augen
durch das Leben
und verschließe deinen Mund
zur richtigen Zeit.

Vertauschte Rollen

Ein angesehener Wissenschaftler hielt seit Jahren, weit über die Landesgrenzen hinaus, Vorträge über sein Fachgebiet. Als Redner war er sehr geschätzt und seine Zuhörer waren stets voll des Lobes.
Eines Tages saß er in seiner Limousine, um sich von seinem Chauffeur zu einem äußerst wichtigen Kongress fahren zu lassen. Die Anreise war weit und der Wissenschaftler spürte, dass er eine Grippe bekommen würde. Er wurde von Stunde zu Stunde immer schwächer und kränklicher. Schließlich konnte er nur noch krächzend Worte von sich geben.
Der Vortragsredner fühlte sich außerstande, über einen Zeitraum von mehr als zwei Stunden auf der Bühne zu stehen und zu sprechen.
Sein Chauffeur war voller Mitleid und bot ihm hilfsbereit jede Unterstützung an.
Der Wissenschaftler überlegte kurz und meinte dann: »Seit Jahren fahren Sie mich zu meinen Vorträgen, sitzen immer mit im Saal und haben meinen Vortrag schon hundertfach gehört. Könnten Sie den Vortrag für mich übernehmen? Sie wissen doch, was ich immer sage. Noch dazu ähneln wir uns etwas. Wir könnten mit Leichtigkeit unsere Kleidung und unsere Rollen tauschen.«
Der Chauffeur willigte zögerlich ein. Kurze Zeit später trat er an das Rednerpult und hielt den Vortrag, welchen er beinahe auswendig kannte. Während des Redens gewann er an Sicherheit und machte seine Sache sehr gut. Er erntete tosenden Applaus.
Noch bevor er von der Bühne treten konnte, eröffnete der Veranstalter zu seinem Schrecken eine Diskussionsrunde. Die ersten Fragen waren typische Klassiker, die beinahe jedes Mal gestellt wurden. Der Fahrer kannte die Antworten und meisterte auch diesen Part grandios.

Doch dann stellte ein anderer Wissenschaftler eine lange, komplizierte Frage, die ihm gänzlich neu war. Der Chauffeur grübelte einen kurzen Moment, bis er ganz souverän antwortete:
»Diese Frage ist ein entscheidender Aspekt. Die Antwort jedoch ist so einfach, die kann Ihnen sicherlich auch mein Chauffeur geben.«
Mit einer entsprechenden Handbewegung gab er die Frage an den wahren Wissenschaftler weiter.

Nach einer Geschichte

Nicht jeder Mensch, der Wissen und Nachrichten verbreitet, versteht sein Gesagtes.
Sich nur rhetorisch gut zu verkaufen reicht nicht, um auf Fragen antworten zu können.

Die heutige Jugend

An einem eisigen Wintertag wartete ich in einer überfüllten Bahnhofshalle auf meinen Zug. Beim Einsteigen herrschte ziemliches Gedränge. Deshalb nahm auch kaum jemand wahr, dass eine alte Frau von einem rücksichtslosen jungen Mann angerempelt worden war und beinahe zu Boden gefallen wäre, wenn ich sie nicht aufgefangen hätte!

Diese Frau saß mir dann im Zug dankbar gegenüber. Wir kamen ins Gespräch und ich erkundigte mich noch einmal nach ihrem Wohlbefinden. Die Jugend von heute ist einfach nicht mehr das, was sie früher einmal war, so endeten meine Worte.

Als der Schaffner kam, um die Fahrkarten zu kontrollieren, stellte die Frau erschrocken fest, dass ihre Geldbörse gestohlen worden war! Der alten Dame kamen die Tränen und sie erzählte, dass sie eben auf der Bank ihre monatliche Rente abgehoben hatte.

Im Zugabteil wurde es ganz still und es schien, dass jeder mit dieser Frau mitempfand.

Als ein junger Mann anfing, auf seiner Mundharmonika eine fröhliche Melodie zu spielen, hätte ich mich beinahe darüber empört. Ich fragte mich, wie wenig Feingefühl doch die Jugend heutzutage haben müsse, um in solch einer Situation Heiterkeit zu verbreiten.

Es kam noch schlimmer! Nach seiner Darbietung zog der junge Mann seine Mütze vom Kopf und ging im Zug umher, um Geld zu sammeln. Es schien, dass ihm wirklich alle Fahrgäste Geld gaben, ich sah sogar, dass manche Scheine zückten! Ganz zum Schluss kam er zu mir. Nein, ich wollte keinen Bettler unterstützen, der noch dazu zwei gesunde Hände zum Arbeiten hatte! Also stellte ich mich schlafend, sodass er mich zum Glück nicht ansprach.

Dann passierte jedoch etwas, das mich zutiefst erstaunen ließ. Der Mundharmonikaspieler ging zu der bestohlenen Frau und schüttete das gesammelte Geld auf deren Schoß! Er lächelte sie an und sagte, dass jeder im Zug von Herzen gerne etwas gegeben habe.

Beschämt erkannte ich meinen Irrtum und wollte gerade doch noch nach meiner Brieftasche greifen.

Aber dazu war es zu spät, die alte Frau war bereits aus dem Zug ausgestiegen. Ich sah sie mit Tränen der Rührung am Bahnsteig stehen. Dankbar winkte sie den hilfsbereiten und großzügigen Menschen im Zug hinterher.

Vorurteile sind unsichtbare Handschellen.

Sprichwort

Der Berg der Zuversicht

Die ganze Nacht hatte ich geweint. Ich war unendlich traurig und verstand die Welt nicht mehr. Am Abend hatte mir mein Freund aus heiterem Himmel mitgeteilt, dass er mich verlassen würde.
Es war bereits das dritte Mal in Folge, dass mir dies passierte. Wie sollte ich nur jemals wieder Vertrauen zu einem Mann finden? Würde ich mich überhaupt wieder einmal verlieben können? Was mache ich denn nur falsch ...? Mein Herz litt Qualen und mir war alles viel zu eng. Ich hielt es in meiner Wohnung nicht mehr aus. So machte ich mich auf den Weg zu meinem Lieblingsberg. Ich wusste, am Gipfel dieses Berges würde es mir wieder besser gehen. Das war immer schon so gewesen – so auch an diesem Tag. Die Frühlingssonne strahlte über mir und ich wanderte über Felder von weißen und blauen Krokussen.
Am Gipfel angekommen, legte ich mich erschöpft auf meine Decke, schloss meine verweinten Augen und ruhte mich aus. Plötzlich hörte ich eine sanfte Stimme: »Weine doch nicht über das Gestern, das bereits vorbei ist! Warum machst du dir so viele Sorgen um das Morgen, das noch nicht geboren ist? Erfreue dich an diesem wunderschönen Tag. Deine Trauer zeigt, dass du Gefühle hast und die Liebe in dir trägst! Du bist eine wunderbare, einzigartige Frau. Vergiss nie, dass die wahre Liebe immer mit der Liebe zu sich selbst beginnt!«
Ich öffnete meine Augen, um zu sehen, ob ich träumte. Da sah ich gerade noch, wie ein bunter Schmetterling davonflog ...
Heute, zehn Jahre später, bin ich wieder einmal auf meinem Lieblingsberg. Ich liege in den Armen meines Mannes glücklich auf der Decke. Ich höre unsere Kinder rufen: »Schaut mal, wie viele wunderschöne, bunte Schmetterlinge hier herumfliegen!«

Wende dein Gesicht
der Sonne zu
und die Schatten
fallen hinter dich.

Afrikanisches Sprichwort

Ein Leben ohne Liebe?

Von Zeit zu Zeit treffen sich alle Gefühle zu einem privaten Austausch.
Der Respekt und die Toleranz bedauern, dass sie immer weniger von den Menschen wahrgenommen werden.
Das Vertrauen erhebt seine Stimme: »Ich werde oft benutzt und missbraucht! Die Menschen sprechen immerzu von mir, ohne zu wissen, wer ich eigentlich bin.«
Da lacht die Eifersucht. Sie fühle sich sehr wohl unter der Menschheit und sei auch immer mehr willkommen. Der Neid und die Missgunst können dies nur bestätigen.
Auch die Ignoranz und die Gleichgültigkeit waren mehr als zufrieden mit ihrem Dasein.
Der Hass, die Aggressivität und die Lieblosigkeit sind ebenso begeistert vom Wandel unter den Menschen, denn sie herrschen wie Fürsten unter ihnen.
Die Traurigkeit spricht voller Sorge: »Ich laufe auf Hochtouren. Immer häufiger werde ich gerufen, denn so vieles, wobei ihr die Menschen unterstützt, hat zur Folge, dass sie mich brauchen.« Die Enttäuschung bestätigt diese Worte, denn ihr ergeht es nicht anders.
Das alles kann das Verständnis gar nicht begreifen, denn es wird gemieden wie die Pest.
Die Ruhe und die Gelassenheit beschweren sich, dass der Stress und die Hektik es auf ihren Posten abgesehen haben. Sie geraten immer mehr in Vergessenheit!
Die Hoffnung und die Träume erzählen, dass die Menschen sie verloren haben: »Sie erzählen zwar oft von uns, dennoch glauben die meisten nicht an uns und wählen stattdessen die Sicherheit oder die Angst und Sorge!«

Zu guter Letzt fängt auch die Liebe traurig an zu sprechen: »Manchmal kommen mir Zweifel, warum ich überhaupt noch unter den Menschen verweile. Sie reden andauernd von mir, ohne zu wissen, welche Bedeutung und Kraft ich habe. Sie malen Symbole von Herzen, doch viele erkennen mich gar nicht. Manche spielen mit mir, ohne zu wissen, wie sehr sie damit andere verletzen können. Die meisten glauben zwar noch an mich, doch genau genommen wissen viele Menschen gar nicht wirklich, an was sie glauben!«
Dem Trost, dem Optimismus und der Zuversicht tun diese Worte im Herzen sehr weh.
Denn was wäre ein Leben ohne die Liebe?

Gedanken machen groß,
Gefühle reich.

Marcus Fabius Quintilianus, römischer Lehrer, um 35–96

Der Besitz von Erde

Ein reicher Großgrundbesitzer war in die Jahre gekommen. Da er keine eigenen Kinder hatte, wollte er sich bei seinen treuesten Arbeitern bereits zu Lebzeiten für deren Dienste erkenntlich zeigen.

So hatte er auch einen zuverlässigen Verwalter, ohne den er es nicht so weit gebracht hätte. Diesem gedachte er Land zu schenken, so viel er sich nur wünsche. Die einzige Bedingung war, dass sein künftiges Land in der Zeitspanne zwischen Sonnenaufgang und Sonnenuntergang zu Fuß zu umschreiten sei. Nur wenn er vor Sonnenuntergang wieder an seinem Ausgangspunkt angelangt sei, würde ihm all jenes Land gehören.

Der Mann war zunächst überglücklich, da er sich bewusst war, dass er keinen halben Tag brauchen würde, um das Land zu umschreiten, mit dem er bis zu seinem Lebensende ausgesorgt habe. So ging er frohen Mutes los, ohne Hast und Eile.

Doch plötzlich kam ihm der Gedanke, dass er solch eine Gelegenheit nie wieder bekäme. Er dachte an den Reichtum, den er mit einem größeren Grund erlangen könne, und seine Schritte wurden schneller.

Er malte sich aus, wozu er den neu erworbenen Reichtum verwenden könne, und er begann zu laufen. Der Großgrundbesitzer ritt währenddessen in einem gewissen Abstand hinter ihm her.

Der Verwalter prüfte stets den Stand der Sonne, um nur ja nicht den Zeitpunkt seiner Rückkehr zu versäumen. So zog er seinen Kreis und befand sich schon auf dem Weg zu seinem Ausgangspunkt. Da kam er an einem See vorbei, in dem er immer so gerne gebadet hatte. Er begann zu rennen, um sich auch diesen noch einzuverleiben. Sein Atem wurde zum Keuchen und sein Hemd war längst bis auf die Haut durchgeschwitzt.

Kurz vor dem Ziel sah er noch das kleine Birkenwäldchen. Er warf einen

Der echte Name für Glück ist Zufriedenheit.

Henri Frédéric Amiel, schweizer Philosoph, 1821–1881

Blick zur Sonne und beschloss, dass er sich nur noch ein einziges Mal abmühen müsse, dann könne er sein Leben in Saus und Braus genießen! Da rannte er weiter, wie um sein Leben, um auch den Wald sein Eigen nennen zu können.

Gerade noch rechtzeitig erreichte er den Ausgangspunkt. Überglücklich schaute er auf seine neu erworbenen Ländereien.

Doch sein Herz war dieser enormen Belastung nicht gewachsen. Er brach vor Erschöpfung zusammen und starb.

So blieb ihm nur noch ein winziges Stück Erde auf dem Friedhof, mehr brauchte er nun nicht mehr.

Nach einer Erzählung

Wenn man in die Jahre kommt

Es war einmal ein alter, gebrechlicher Großvater. Seine Augen sahen schlecht, die Ohren hörten nicht mehr viel und Zähne hatte er auch keine mehr.

Beim Essen schlürfte der alte Mann und die Suppe floss ihm aus dem Mund. Der Sohn und die Schwiegertochter waren davon angewidert und ließen ihn deshalb nicht mehr am Tisch mitessen. Nun saß er allein, in einer dunklen Ecke, hinter dem Ofen.

Eines Tages, nachdem ihm die Schwiegertochter die Suppe hingetragen hatte, fiel ihm die Schale aus der Hand und zerbrach am Boden. Die Frau war erbost darüber und machte dem Greis Vorwürfe, dass er alles Geschirr zerschlagen würde. Von dem Tag an wurde ihm das Essen in einem Holzschüsselchen gegeben. Der alte Mann seufzte nur, aber er sagte nichts.

Als der Mann und die Frau eines Abends beisammen saßen, sahen sie, dass ihr Söhnchen zu Füßen des Großvaters etwas zu schnitzen begonnen hatte.

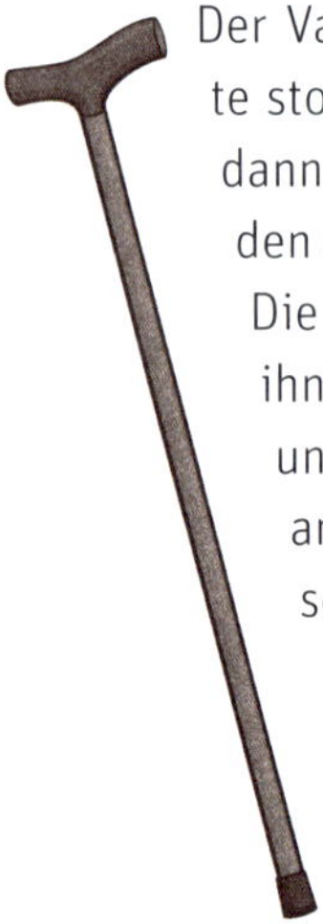

Der Vater fragte ihn, was das werden solle? Sein Sohn antwortete stolz: »Das sollen Holzschüsselchen werden. Daraus werde ich dann dir und der Mutter zu essen geben, wenn auch ihr alt geworden seid.«

Die Eltern sahen sich betroffen an und weinten. Auf einmal wurde ihnen bewusst, wie sehr sie den Greis gekränkt haben mussten, und sie schämten sich. Fortan durfte der Großvater wieder mit am Tisch sitzen und sie waren freundlich zu ihm. Das Holzschüsselchen wurde nie wieder gesehen.

Nach einer Geschichte von Lew Tolstoi

Den wahren Charakter eines Menschen
kannst du daran erkennen,
wie er mit dir umgeht, wenn
er dich nicht mehr braucht.

Ehrlich währt am längsten

Mitten in unserer Reihenhaussiedlung stand eine prächtige Villa, die einem reichen Unternehmer gehörte. Als ich noch ein kleiner Junge war, kletterte ich mit meinen Freunden oft über den Zaun, um ein paar Kirschen oder Äpfel zu stibitzen. Einmal hat uns der Mann dabei erwischt und seine Hunde auf uns gehetzt. Von da an machte ich immer einen großen Bogen um das Anwesen. Das einzig Gute in diesem Haus war die Haushälterin. Sie steckte uns oft heimlich über den Zaun ein paar Kirschen, Äpfel oder Nüsse zu. Jeder in dieser Straße fragte sich, wie es diese freundliche und herzliche Frau bei so einem Tyrannen aushalten konnte.

Parkte ein Auto zu nahe an seiner Einfahrt, ließ er den Abschleppdienst kommen. Wurde im Sommer ein Fest in der Straße gefeiert, rief er die Polizei wegen Ruhestörung. Wuchs von einem angrenzenden Grundstück ein Ast zu weit in seinen prachtvollen Garten, ließ er sogleich ein Anwaltsschreiben folgen.

Eines Tages flitzte ich in unsere Lottoannahmestelle, um in letzter Minute meinen Schein abzugeben. Ich hoffte, mit einem kleinen Gewinn mein Studium leichter finanzieren zu können. Beim Verlassen traf ich die Haushälterin meines Nachbarn, die jede Woche dessen Lottoschein abgab. Wir wechselten ein paar Worte bis ihr Bus kam. Als sie einstieg, sah ich, dass ihr etwas aus dem Einkaufsnetz gefallen war. Ich eilte hin, um das Verlorene aufzuheben, doch ich konnte es ihr nicht mehr geben, da sich in diesem Moment die Türen schlossen. Der Busfahrer reagierte nicht auf mein heftiges Klopfen und fuhr einfach los.

So ging ich weiter, um mich mit Freunden auf ein Bier zu treffen, und steckte das gefundene Ledermäppchen ein. Ich beschloss, es am nächs-

ten Tag abzugeben. Es wurde ein geselliger Abend und ich kam so spät heim, dass ich hundemüde ins Bett fiel. Am nächsten Morgen rief ich die Lottozahlen ab und holte meinen Schein aus der Jackentasche. Dabei fiel mir das gefundene Ledermäppchen entgegen und ich sah, dass darin nur ein einzelner Lottoschein steckte. Ich prüfte meinen Schein und stellte mit Freuden fest, dass ich zwei Mal drei Richtige hatte und die letzten beiden Zahlen vom Spiel 77! Dies bedeutete den Beginn einer Glückssträhne, jubelte ich innerlich.
Ich weiß nicht, wie ich dazu kam, aber ich nahm den Lottoschein meines ungeliebten Nachbarn und schaute auch auf dessen Zahlen. Beim letzten Feld wurde ich vermutlich kreidebleich! Ich sah sechs Richtige! Mir wurde heiß und kalt, meine Gedanken überschlugen sich. Was nun? Es tat mir im Herzen weh, diesem reichen Tyrannen den Schein zu übergeben. Ich überlegte, was wäre, wenn ich den Schein behalten würde – mein Studium wäre finanziert ...! Doch ich verwarf sofort wieder meinen Gedanken und schämte mich, diesen überhaupt gedacht zu haben.
So drückte ich zum ersten Mal den vergoldeten Klingelknopf des unsympathischen Nachbarn. Die Haushälterin öffnete mir überrascht die Tür. Ich zog das Ledermäppchen aus meiner Jackentasche und wollte mich erklären ... doch dazu kam ich nicht mehr, denn die alte Dame fiel mir jubelnd um den Hals. Sie war ganz aus dem Häuschen. Da erzählte sie mir, dass sie seit Jahren Lotto spiele, in der Hoffnung auf einen kleinen Gewinn, der es ihr ermöglichen würde, die triste Stellung bei diesem schrecklichen Menschen aufzugeben. Dank mir wäre ihre Rente nun gesichert und sie gehe jetzt Koffer packen.
Ich muss schon sagen, dass ich sehr erleichtert war, dass der Schein der lieben Dame gehörte. Für sie konnte ich mich aufrichtig freuen. In Gedanken stellte ich mir das verdutzte Gesicht des Hausherren vor, wie

er nach knapp 30 Jahren von seiner treuen Haushälterin verlassen wird.
In der darauffolgenden Woche klingelte es an meiner Haustüre. Die ehemalige Haushälterin trat in einem eleganten Kostüm in meine Wohnung. »Junger Mann«, sagte sie, »ich möchte Ihnen heute Ihren verdienten Finderlohn überbringen.« Zeitgleich reichte sie mir einen Scheck. Nun war es Zeit, mich auf den nächsten Stuhl zu setzen, bevor mir schwindlig wurde. 100.000 Euro!!! Ich sagte ihr, dass ich unmöglich so viel Geld annehmen könnte.
»Papperlapapp – wenn jemand anderes meinen Schein gefunden und behalten hätte, wäre ich ganz leer ausgegangen! Und glauben Sie mir, in meinem Alter kann ich das viele Geld für mich alleine gar nicht mehr ausgeben. Sie sind noch so jung, ich denke, Ihnen wird schon einfallen, wie Ihnen das Geld dienlich sein kann.
Ach ja, eine Bedingung hätte ich noch – ich wünsche mir, dass Sie mich heute ganz feudal zum Essen ausführen.«

Von allen bösen Geistern, die zur Stunde in der Welt unterwegs sind, ist Unaufrichtigkeit der gefährlichste.

James Anthony Froude, britischer Historiker, 1818–1894

Andere Länder, andere Sitten

In einem fernen Land war es vor vielen Jahren der Brauch, dass alte, gebrechliche Menschen in den Bergen ausgesetzt und sich selbst überlassen werden.
Ein junger Bauer trug eines Tages seinen alten Vater in das Gebirge. Als er ihn absetzen und verabschieden wollte, bat der Alte, ihn noch ein wenig höher zu tragen. Er selbst hätte seinen Vater vor dreißig Jahren bis zu dieser Stelle getragen und er wolle an einem anderen Ort sterben.
Da wurde dem jungen Mann bewusst, dass es ihm in etlichen Jahren ebenso ergehen würde. So nahm er seinen Vater wieder auf den Rücken, kehrte um und versteckte ihn im Haus.
Bald fiel es den Dorfbewohnern auf, dass der Hof des jungen Bauern sichtlich aufblühte. Die Nachbarn wollten nun von ihm wissen, von wem er all die schlauen Ratschläge bekäme, die sein Wirtschaften florieren ließen?
Da gestand er, dass er die Tradition gebrochen habe, und holte seinen Vater aus dem Haus.
Von diesem Tag an brachte niemand mehr die Gebrechlichen ins Gebirge. Das kleine Dorf entwickelte sich daraufhin zu einer prächtigen Stadt, in der die Alten bis heute einen besonderen Stellenwert haben.

Nach einer Geschichte aus Japan

Vergeßt nie, daß auch euer Tun
einmal Tradition wird.

Paul von Hindenburg, Reichspräsident und -kanzler, 1847–1934

Zur richtigen Zeit

Vor langer Zeit, in einem fernen Land, rettete ein Mann die Tochter eines Durchreisenden vor dem Ertrinken. Zum Dank für die beherzte Rettung bekam er einen Papagei als Geschenk.

Als er daheim angekommen war, sprach er: »Bunter Vogel, so will ich doch sehen, ob ich dir das Sprechen beibringen kann.«

»Du brauchst mich nichts zu lehren«, erwiderte der Papagei, »ich verstehe sehr wohl deine Sprache.«

Der Mann war ebenso überrascht wie erfreut über dieses edle Tier. Eilends begab er sich mit seinem neuen Hausgenossen in das Kaffeehaus zu seinen Freunden. Stolz verkündete er, dass er einen großartigen, sprechenden Vogel sein Eigen nennen dürfe!

Doch das Tier saß erhaben auf seiner Schulter und gab keinen einzigen Laut mehr von sich. Spöttisch wurde dem Mann eine Zehn-zu-eins-Wette angeboten, dass der Papagei gar nicht sprechen könne.

Stolz, wie er war, nahm er die Wette an, aber selbst nach einer Stunde guten Zuredens gelang es ihm nicht, den Papagei zum Sprechen zu bringen. Unter dem Spott seiner gut gelaunten Freunde verließ der Mann das Kaffeehaus. Zu Hause sprach er zu dem Papagei: »Was ist mit dir los, du dummer Vogel? Weißt du, wie viel Geld ich deinetwegen verloren habe?«

Der bunte Vogel konnte nun wieder deutliche Worte sprechen: »Der Dummvogel bist du selbst, denn wenn du morgen wieder mit mir ins Kaffeehaus gehst, werden die Wetten hundert zu eins laufen und ich versichere dir, dann wirst du mit großem Gewinn nach Hause gehen!«

Nach einer Geschichte

Die Klugheit ist sehr geeignet,
zu bewahren, was man besitzt,
doch allein die Kühnheit
versteht zu erwerben.

Friedrich II, König v. Preußen, 1712–1786

Gerechte Entlohnung?

Es waren einmal zwei Brüder, die als Handelsmänner tätig waren.
Der eine Bruder erwirtschaftete fortlaufend große Gewinne. Der andere hingegen konnte nur mit Mühe und Not die Gehälter seiner Angestellten bezahlen.
Daher suchte er eines Tages seinen erfolgreichen Bruder auf, um zu erfragen, was dieser anders machen würde als er?
Er war sehr irritiert, als er erfuhr, dass sein gerechtigkeitsliebender Bruder seinen Angestellten völlig unterschiedliche Gehälter bezahlte! Sogleich sprach er ihn darauf an.
Bevor der Bruder antworten konnte, klopfte einer seiner Mitarbeiter ganz aufgeregt an die Tür und teilte mit, dass soeben ein großes Handelsschiff auf den Hafen zusteuern würde.
»Anstatt alles zu erklären, kannst du gleich selbst erkennen, nach welchen Maßstäben ich die Gehälter meiner Angestellten richte.«
Umgehend ließ er seine drei Sekretäre zu sich rufen und teilte ihnen mit, dass sie zum Hafen eilen sollten, um die Fracht des neu einlaufenden Schiffes zu erkunden! Nach einer Viertelstunde kam der am niedrigsten bezahlte Sekretär zurück und teilte mit, dass soeben ein Schiff aus Indien mit verschiedensten Waren eingelaufen sei.

Nach einer halben Stunde kam derjenige, der in der mittleren Gehaltsklasse stand, und teilte freudig mit, dass ein Schiff aus Indien eingelaufen sei, das hauptsächlich Seide geladen hätte. Diese sollte schnellstmöglich verkauft werden, da das Schiff neue Waren aufnehmen müsse. Wenn er kaufen wolle, dann würde es Eile gebieten, da bereits mehrere Händler um die Preise feilschten!

Nach zwei Stunden kam der am höchsten bezahlte Sekretär zurück und teilte Folgendes mit: »Mein Herr, soeben ist ein Schiff aus Indien eingelaufen, das vorwiegend Seide geladen hatte, die zum schnellen Verkauf bestimmt war, da der Kapitän neue Ware aufnehmen musste. So habe ich die Gunst der Stunde genützt und sogleich alle Seide aufgekauft. Nachdem viele Händler nach mir gekommen waren, die jedoch dringend Seide für ihre Kunden benötigten, habe ich bereits alle Seide zum doppelten Preis weiterverkauft.« Er stellte seinem Herrn einen Beutel mit Münzen auf den Tisch, verneigte sich und ging.

Nach einer Geschichte

Es gibt Leistung ohne Erfolg,
aber keinen Erfolg ohne Leistung.

François de La Rochefoucauld, französischer Moralist, 1613–1680

Ein unvergesslicher Tag

Es waren einmal drei Kinder, die sich frühmorgens auf den Weg machten, um Pilze zu sammeln.

Lange Zeit liefen sie erfolglos im Wald umher, bis sie endlich wohlschmeckende Pilze in Hülle und Fülle fanden. Sie waren so mit dem Sammeln der kostbaren Waldfrüchte beschäftigt, dass sie unbemerkt immer tiefer in den Wald hineingerieten. Glücklich und zufrieden schauten sie auf ihre gefüllten Körbe. Als sie sich wieder auf den Heimweg machen wollten, mussten sie zu ihrem Entsetzen feststellen, dass sie sich ausweglos verlaufen hatten.

Das erste Kind überkam die Angst und Sorge: »Was ist, wenn wir die Nacht im kalten Wald verbringen müssen? Wenn wilde Tiere kommen ...?«

Das zweite Kind begann zu weinen und meinte: »Hätten wir doch nur nicht den gewohnten sicheren Weg verlassen!«

Das dritte Kind lächelte und sagte: »Was seid ihr so besorgt? Freut euch doch! Schaut in eure Körbe, solch eine Ausbeute an Pilzen haben wir noch nie gesehen. Diesen Tag werden wir sicher nie wieder vergessen!«

Plötzlich hörten die Kinder aus der Ferne das Wiehern von Pferden. So schnell es ihre müden Beine und schwer beladenen Körbe erlaubten, rannten die drei in diese Richtung.

Gerade noch rechtzeitig gelangten sie an eine Straße, an der soeben eine Pferdekutsche mit drei Männern entlangfuhr.

Die Kinder beobachteten, dass der Kutscher durch ein Fernrohr sah und sehr angstvoll vorausschaute.

Hinten am Wagen blickte ein Mann sehr bedrückt zurück.

Bequem in der Mitte jedoch saß ein vergnügter alter Mann, der die Kinder freundlich zum Mitfahren einlud.

Die Kinder sprangen erleichtet auf und bedankten sich bei den drei Männern für deren Hilfe. Doch der Vorder- und Hintermann nahmen die zugestiegenen Fahrgäste gar nicht wahr.
Die Kinder fragten deshalb den vergnügten Mann, was die beiden anderen mit ihren großen Fernrohren täten?
Der Mann deutete auf den Vordermann und sagte: »Das ist Herr Zukunft. Er tut nichts anderes, als vorauszuschauen, zu planen, sich zu sorgen und zu ängstigen. Der andere ist Herr Vergangenheit. Er schaut stets nur zurück und oft bedauert oder bereut er etwas.«
Neugierig fragten die Kinder, wer denn er sei?
»Mein Name ist Herr Gegenwart«, antwortete er strahlend. »Ich lebe im Hier und Heute! Ich nehme alles um mich herum wahr. Die Sonne, die herrlichen Landschaften mit ihren Blumen, Bäumen, Tieren und Gebäuden. Ich sehe alle Menschen, nur so habe ich auch euch entdeckt!«
Aufmerksam lauschten die Kinder seinen Worten, als er weitersprach: »Auch ich schaue immer wieder sorgsam voraus, um meinen Weg zu erkennen. Ebenso werfe ich auch immer wieder einen Blick auf meine Vergangenheit, um aus meinen Erfahrungen zu lernen. Doch mein wirkliches Leben findet nur in der Gegenwart statt, denn das Morgen ist noch nicht geboren und das Gestern ist bereits geschehen.«
Inzwischen hatte die Kutsche den Wald verlassen und die Kinder befanden sich wieder in ihrer vertrauten Umgebung.
Sie bedankten sich vielmals bei Herrn Gegenwart, der sie sicher nach Hause gebracht und ihnen neue Erkenntnisse mit auf den Weg gegeben hatte.
An diesem Tag waren die Kinder besonders reich beschenkt worden. Sie hatten nicht nur erlesene Pilze gefunden, sondern auch noch wertvolle Erfahrungen mit auf ihren Lebensweg bekommen.

Das Heute ist alles, was wir haben.
Wenn wir dies nicht nutzen und genießen,
und dankbar dafür sind,
vergeuden wir viel wertvolle Zeit.
Die Gegenwart ist die Frucht der Vergangenheit
und der Samen der Zukunft.

Das Leben findet heute statt

Es war einmal ein Ehepaar, das trotz Mühsal, Armut und harter Arbeit ein hohes Alter erreicht hatte.
Die Frau kümmerte sich um den Haushalt und den Garten. Der Mann verdiente sich als Tagelöhner. Immer dann, wenn der Mann zu etwas Geld gekommen war, kaufte er trockenes Brot und Oliven. Das restliche Geld steckte er in einen Tonkrug, von dem seine Frau nichts wusste.
In jüngeren Jahren hatte die Frau ihn oft angesprochen: »Seit dem Tag, an dem du mich geheiratet hast, kaufst du täglich nur Brot und Oliven. Was soll dieses jämmerliche Leben? Kannst du nicht einmal Fleisch oder Fisch besorgen?« Ihr Mann hatte stets nur ärgerlich und kurz angebunden entgegnet: »Erst, wenn der Krug voll ist!«
Im Laufe der Jahre sprach ihn seine Frau immer seltener auf das kärgliche Essen an.
Eines Tages lag ihr Mann auf dem Sterbebett. Traurig verbrachte sie die letzten Stunden an seiner Seite und fragte ihn besorgt, von was sie denn nun alleine leben solle? Da verriet ihr der Gemahl gerade noch rechtzeitig das Versteck des Kruges, bevor er verstarb.
Die Frau fand wirklich einen Krug, der beinahe voll war!
Was war ihr Mann nur für ein komischer Kauz gewesen! Jahrelang hatte er gesprochen: »Erst, wenn der Krug voll ist.« Nun hoffte sie, dass ihr noch die Jahre vergönnt sein mögen, um den Krug leer zu bringen!

Heute ist morgen schon gestern,
deshalb sollte man so leben,
dass man sich an heute gern erinnert.

Sprichwort

Ein ungebetener Gast

In einer Bäckerei hatte sich eine riesige, gefräßige Ratte eingenistet. Sie trieb in der Backstube – und zudem im Laden – ihr Unwesen.

Der Bäcker stellte vergeblich Fallen auf und versuchte, das Tier mit seinem Brotschuber zu erschlagen. Doch die Ratte erwies sich stets als schneller und schlauer als ihr Gegner.

Die Bemühungen des Mannes führten lediglich dazu, noch mehr zur Verwüstung beizutragen.

In seiner Verzweiflung suchte er deshalb einen berühmten Katzenzüchter auf und klagte diesem sein Leid. Daraufhin pries ihm der Züchter eine Katze mit glänzendem schwarzem Fell an, die er als die schnellste des ganzen Landes bezeichnete.

Tatsächlich war die Katze außergewöhnlich schnell, als sie jedoch in die Nähe der Ratte kam, überfiel sie die Angst und sie lief ebenso schnell vor dem Tier wieder weg.

So brachte sie der Mann dem Züchter wieder zurück und tauschte sie gegen einen Kater mit dichtem rotem Fell, der zu den stärksten und mutigsten seiner Gattung zählte.

Kampfbereit fauchend stürzte sich dieser sogleich auf die Ratte. Doch blitzschnell reagierte das angegriffene Tier mit seinen Sinnen und verkroch sich schützend in eine der vielen Ritzen des Hauses.

Da es dem Kater nach zahllosen Versuchen nicht gelang, der Ratte den Garaus zu machen, suchte der Bäcker erneut den Züchter auf und tauschte das Tier gegen eine grauhaarige Kätzin, die für außergewöhnlich schlau und gerissen befunden wurde.

Obwohl die neue Katze all ihre List anwendete, war der Ratte einfach nicht beizukommen. In der Zeit, in der die Grauhaarige einen neuen

Plan ausklügelte, machte sich der Nager ungestört über die Vorräte des Hauses her und verwüstete die Bäckerei immer mehr.
Eines Tages sprach der Bäcker mit einem Freund über seinen Ärger mit der Ratte. Daraufhin schenkte ihm dieser eine seiner ganz gewöhnlichen Katzen von seinem Bauernhof.
Der Bäcker wollte den Bauern nicht beleidigen, deshalb nahm er das Geschenk an.
Die Bauernkatze lag den ganzen Tag nur faul herum und ließ sich das Futter des Bäckers wohl schmecken. Sie scherte sich nicht um die Anwesenheit des zu fangenden Tieres.
Dies gefiel der Ratte sehr. Sie wurde immer dreister und lief sogar vor der Nase der ruhenden Katze hin und her.
Als nach wenigen Tagen die Ratte wieder einen neuen Getreidesack annagte, wurde sie mit einem blitzschnellen, kräftigen Prankenhieb niedergestreckt. Ein schrilles Quieken war noch kurz zu vernehmen, dann war der Bäcker endgültig von dem Übeltäter befreit.

Erfolg ist selten ein Wunder noch ein Geheimnis. Erfolg basiert auf dem natürlichen Ergebnis von dauerhaft angewandten einfachen Grundlagen.

Nach Jim Rohn

Geschwisterliebe

Ein Zwillingspärchen kam zu früh zur Welt. Daher wurden die beiden Kinder jeweils in einen separaten Brutkasten gegeben.
Der Arzt vermutete, dass der Junge die nächsten Stunden nicht überleben werde.
Die Nachtschwester ignorierte alle Anweisungen und bettete kurzerhand die stärkere Schwester ganz nah zu ihrem schwächeren Bruder. Das Mädchen legte ihr Ärmchen um den Jungen und umgehend normalisierte sich dessen Herzschlag ...
Jahre später legte der mittlerweile große starke Bruder stets beschützend den Arm um seine kleinere Schwester.
Oft sagte er schmunzelnd:
»Ich muss mich doch bei dir revanchieren!« :-)

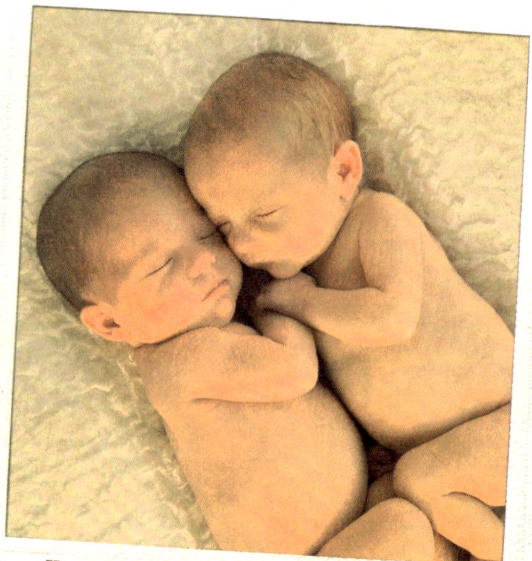

Der Verstand kann uns sagen,
was wir unterlassen sollen.
Aber das Herz kann uns sagen,
was wir tun müssen.

Joseph Joubert, französischer Moralist, 1754–1824

Was das Glück zerstört

Ein chinesischer Weiser stand mit seinem Lieblingsschüler an einem Spielplatz. Der Jüngere fragte: »Wie kommt es, dass alle Menschen glücklich sein wollen und es doch oft nicht werden?« Der Weise zeigte auf die Kinder und vermeinte, dass diese doch glücklich seien.
Der Schüler stellte fest: »Das sind glückliche Kinder, die im Spiel sind. Wie ist es aber um das Glück der Erwachsenen bestellt?« »Genauso wie um das Glück der Kinder«, entgegnete der Meister und holte aus der Tasche seines Gewandes eine Handvoll Kupfermünzen und warf diese unter die Kinder.
Plötzlich verstummte das fröhliche Lachen. Das Spielen war beendet und die Kinder stürzten sich auf die Münzen. Mit großem Geschrei und Gezeter rauften sie sich um das Geld.
Der Ältere fragte: »Was nun hat das Glück der Kinder zerstört?« »Der Streit«, erwiderte der Schüler.
»Was hat den Streit erzeugt?« Der Gefragte meinte: »Wohl die Gier.«
Mit einem Schmunzeln sprach der Weise: »So hast du die Antwort auf deine Frage selbst gefunden.«

Nach einer chinesischen Geschichte

Das Geld, das man besitzt,
ist das Mittel zur Freiheit,
dasjenige, dem man nachjagt,
das Mittel zur Knechtschaft.

Jean-Jacques Rousseau, französischer Philosoph, 1712–1778

Was Freundschaft bewirken kann ...

In meiner Jugend war das Fußballspielen mein Lebensinhalt. Ich verbrachte jede freie Stunde mit meinen Kumpels auf dem Bolzplatz.
Fast täglich sah ich am Rande des Platzes einen Jungen, der alleine mit seinem Ball vor sich hin kickte.
Raphael war neu an der Schule und ging in meine Parallelklasse. Ich mochte ihn nicht ansprechen. Was soll man auch zu einem Jungen sagen, der keine Arme hat?
Bald darauf wurde ich zum neuen Kapitän der Schulmannschaft gewählt und war mächtig stolz! Ich war ein richtig cooler Typ! Unter meiner Führung siegten wir fast immer und die Mädchen scharten sich reihenweise um mich!
Am Ende der Saison hatten wir ein äußerst wichtiges Spiel, von dem unser Aufstieg in die nächste Liga abhing!
Doch an jenem ereignisreichen Tag mussten wir ohne Austauschspieler ins Spiel gehen, da ein schlimmer Virus die Hälfte meiner Mannschaft lahmgelegt hatte. Die Gegner sahen darin ihre Chance und setzten noch dazu unseren besten Spieler außer Gefecht. Ich schaute hilflos in die Zuschauermenge und entdeckte dort Raphael.
Ich hatte nichts mehr zu verlieren und so rief ich ihm zu: »Hey, Raphael, kannst du uns aushelfen?«
Er warf sich unser Trikot über und kam zu uns auf das Spielfeld. Lag es daran, dass unsere Gegner von dem Erscheinungsbild unseres neuen Spielers irritiert waren oder an seiner genialen Spieltechnik? Ich weiß es nicht. Wichtig war, dass wir gewonnen haben. Und nicht einfach nur gewonnen, sondern mit einem sensationellen Ergebnis von 10:1!!!
Nach dem Spiel nahm ich Raphael in die Arme, um mich bei ihm zu

Es sind die Begegnungen mit Menschen, die das Leben lebenswert machen.

Guy de Maupassant, französischer Schriftsteller, 1850–1893

bedanken. Niemals werde ich diese Umarmung vergessen. Ich lernte, dass Berührungen nicht von Körperteilen kommen, sondern von Herzen! Von diesem Tag an entwickelte sich eine Freundschaft zwischen uns. Wir gingen gemeinsam zum Fußball, ins Kino und auf Partys. Raphael blühte immer mehr auf. Er wurde zum besten Spieler unserer Mannschaft.

Zum Schulabschluss sollte Raphael als Schülersprecher eine Rede halten. Ich hätte nicht mit ihm tauschen wollen. Auf der Bühne vor Hunderten von Menschen zu sprechen, das war echt nicht mein Ding.

Raphael bestieg sichtlich aufgeregt das Podium. Er begann seine Rede und holte weit aus. Er erklärte den Zuhörern, dass er bereits ohne Arme auf die Welt gekommen sei. Seine Eltern hatten ihn jedoch nie seinen körperlichen Mangel spüren lassen und in seinem Heimatdorf hatte er seinen festen Platz in der Gemeinschaft. Als jedoch seine Eltern bei einem tragischen Autounfall ums Leben kamen, musste er zu seiner Großmutter ziehen. Ganz alleine in der fremden Stadt, ohne Freunde, kam er sich ziemlich verloren vor. Er schluckte kurz und sprach weiter: »Das war die schlimmste Zeit meines Lebens. Ich sah keinerlei Sinn mehr in meinem Dasein und überlegte schon, mir das Leben zu nehmen. Doch das konnte ich meiner Großmutter nicht antun, die sich so rührend um mich kümmerte und versuchte, mir Vater und Mutter zu ersetzen.«

Im Publikum vermeinte man, eine Nadel fallen zu hören.

Raphael lächelte mir dankbar zu und fuhr fort: »Die Lebensfreude kehrte an jenem Tag wieder zu mir zurück, an dem mich mein bester Freund auf das Fußballfeld rief.«

Die letzte Ruhestätte

Auf einem Friedhof lagen die frischen Gräber eines reichen Kaufmannes und eines armen Bauern nebeneinander. Zufällig besuchten die Töchter der beiden Verstorbenen zur selben Stunde deren letzte Ruhestätten.
Die Tochter des Bauern sprach ein Gebet und legte ihre Blumen nieder. Da wurde sie von der Kaufmannstochter angesprochen: »Siehst du, wie der kostbare Marmor glänzt und die goldene Schrift leuchtet? Die Statue des trauernden Engels sieht so echt aus, dass sie einem ans Herz rührt.« Und mit einem abschätzigen Blick auf das einfache benachbarte Grab fuhr sie weiter: »Jeder erkennt, dass hier eine bedeutende Person begraben liegt. Wir haben unserem Vater all das angedeihen lassen, damit ein jeder sehe, welch angesehener Mann hier seine letzte Ruhe gefunden hat.«
Da entgegnete die Bauerstochter voller Mitgefühl: »Wie ich hörte, ist dein Vater keines leichten Todes gestorben, da er sich nicht von seinen Reichtümern trennen konnte. Wohl habt ihr ihm zum Trost ein solch prunkvolles Grab gerichtet. Doch bis die Seele deines Vaters die dicken Marmorplatten durchdringen kann, ist die Seele meines Vaters längst im Paradies angelangt.«

Man faselt viel von reich und arm,
und vergißt immer wieder,
daß es das Herz allein ist,
das reich macht oder arm.

Jeremias Gotthelf, Schweizer Schriftsteller, 1797–1854

Schlechte Zeiten

»Das neue Hotel nebenan bedeutet meinen Ruin!«, klagte ein Pensionsbesitzer seinem Freund.
»Das verstehe ich nicht«, meinte der Freund. »Du hängst doch jeden Abend das Alle-Zimmer-belegt-Schild vor die Türe.«
»Danach kannst du gar nicht gehen!«, widersprach der Gastronom. »Bevor das Hotel eröffnete, musste ich täglich mehr als fünfzig Leute wegschicken. Jetzt sind es nicht mehr als die Hälfte!«

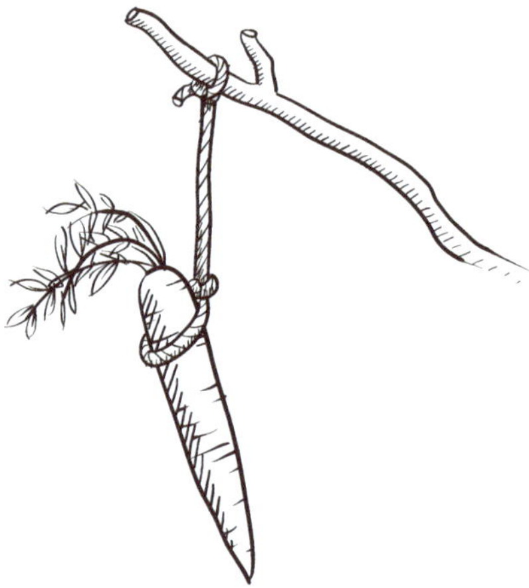

Menschen, die alles haben wollen
und alles haben müssen,
bekommen vor allem eines immer wieder:
nie genug.

Ernst Ferstl, österreichischer Lehrer und Aphoristiker, 1955

Von der Angst befreit

Zwei Männer waren auf der Reise zu einem fernen Ort. Der eine hatte nur wenige Groschen in der Tasche, der andere hingegen mehrere Goldstücke.

Der Arme ging furchtlos seinen Weg, selbst an den gefährlichsten Plätzen konnte er ruhig schlafen. Jeden Morgen marschierte er ausgeruht und gestärkt weiter.

Der Reiche jedoch wagte kaum zu schlafen. Er fürchtete, dass Diebe seine Goldmünzen stehlen könnten.

Eines Tages, als sie sich an einem See zum Nachtlager niederließen, jammerte der Wohlhabende: »Du hast es gut! Jede Nacht kannst du dich beruhigt schlafen legen. Ich dagegen verliere immer mehr meine Kräfte, da ich aus lauter Furcht um mein Geld keinen Schlaf mehr finden kann!«

»Wenn es sonst nichts weiter ist. Gib mir deine Goldstücke und ich werde dich umgehend von deiner Angst befreien!«, sprach der sorglose Mann.

Er nahm den Beutel mit den Münzen entgegen und warf diesen in hohem Bogen in den See. »Nun kannst du dich ruhig schlafen legen und bist von deiner Angst befreit!«

Nach einer Geschichte

Wenn du loslässt,
hast du zwei Hände frei.

Aus China

Auf keinen grünen Zweig kommen?

Es war einmal ein Gasthaus, das den stolzen Namen »Zum goldenen Hirschen« trug. Das Haus stand an einer stark befahrenen Straße, auf der viele Reisende vorüberzogen.
Die Wirtschaft war sauber und die Küche vorzüglich, die Bediensteten waren freundlich und die Preise günstig. Dennoch kam der Wirt auf keinen grünen Zweig, da nur wenige Reisende bei ihm einkehrten.
In seiner Verzweiflung suchte er einen Weisen auf und bat um dessen Hilfe. Dieser gab ihm den Rat, dass er lediglich den Namen seines Gasthauses ändern müsse. Doch der Wirt meinte, dies wäre unmöglich, da seit Generationen das Haus unter dem Namen bekannt sei.
Der Weise erwiderte bestimmt: »Nenne dein Gasthaus ›Zu den sieben Glocken‹ und hänge unter dem Schild nur sechs Glocken auf!«
Der Wirt war verwirrt und fragte, was dies bewirken solle? Der Weise antwortete ihm lächelnd: »Wage einen Versuch und sieh selbst, was geschieht.«
Da der Gastwirt nichts mehr zu verlieren hatte, befolgte er den Rat des Weisen.
Von diesem Tag an hatte er nun stets seine Stube voller Gäste, sogar die Zimmer waren meist ausgebucht!
Denn jeder Reisende, der an dem Gasthaus vorbeikam und das fragwürdige Schild sah, wollte den Wirt auf seinen Fehler aufmerksam machen. Alle waren in dem Glauben, dass dies noch keinem aufgefallen sei. Hatten die Reisenden erst einmal die gemütliche Gaststube betreten, waren sie angetan von der freundlichen Bedienung und den Genüssen der Küche.

Nach einer Geschichte

Vorteil der Klugheit besteht darin,
dass man sich dumm stellen kann.
Das Gegenteil ist schon schwieriger.

Kurt Tucholsky, deutscher Journalist und Schriftsteller, 1890–1935

Das Brot für die Armen

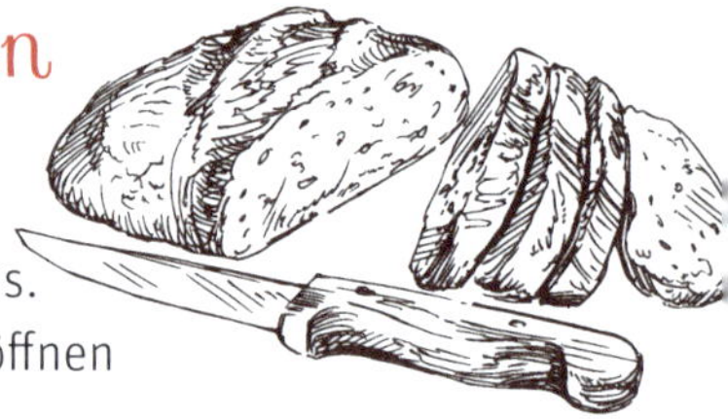

Vor vielen Jahren brach eines Winters im ganzen Land eine schwere Hungersnot aus. Da ließ der König all seine Kornspeicher öffnen und das Getreide an die Armen verteilen.
Im Kloster backten die Mönche unermüdlich Brot und gaben die Laibe an jeden, der an ihre Türe klopfte, weiter. Trotzdem reichte dies alles nicht, um den Hunger im Land zu stillen.
Ein reicher Großgrundbesitzer jedoch, dessen riesige Kornspeicher bis unter die Dächer gefüllt waren, nutzte die Not der Bedürftigen zu seinen Gunsten und verkaufte sein Getreide zu Wucherpreisen, sodass sich viele dies nicht leisten konnten.
Als der reiche Mann hörte, dass die Mönche ihr gebackenes Brot an die Armen verschenken, überkam ihn die Missgunst. Er zog sich einen alten Kittel über, sodass er aussah wie ein Bettler, klopfte an die Klosterpforte und bat um Brot.
Die Mönche schenkten ihm von Herzen einen frischgebackenen Laib Brot. Sogleich versteckte er diesen unter seinem Umhang und ging schnellen Schrittes davon.
Auf dem Weg begegnete ihm eine alte Frau, die ein kleines Kind auf den Armen trug, das jämmerlich vor Hunger weinte. »Habt Erbarmen!«, flehte die Frau, »das Mädchen hat seit Tagen nichts mehr zu essen gehabt. Es wird sterben, wenn Ihr ihm nichts gebt!«
»Ich habe nichts zu geben«, sprach der Reiche, »geht zum Kloster, die Mönche werden euch nicht verhungern lassen!« »Ich habe nicht mehr die Kraft dazu!«, sagte die alte Frau leise. »Ihr tragt doch ein großes Brot unter dem Kittel. Wenn Ihr mir doch nur einen Teil davon abgeben würdet!«

»Ich habe nichts!«, schrie der Reiche. Die Frau blickte ihn flehend an und sagte: »Ich weiß, dass Ihr ein Brot habt. Ich bitte Euch in Gottes Namen, wenigstens ein kleines Stückchen für das Kind abzubrechen!«
Vor Wut über ihre Hartnäckigkeit schrie der Mann: »Ich habe kein Brot unter meinem Umhang. Es ist nur ein Stein.« Er kehrte der Frau und dem Kind den Rücken und lief eilig davon.
»Du Lügner!«, erboste sich die Frau und hob ihre Hand drohend zum Himmel, »wegen deiner Hartherzigkeit soll sich das Brot in einen Stein verwandeln!«
Augenblicklich wurde der Brotlaib zu einem Stein. Dieser war so schwer, dass er den reichen Mann zu Boden zog.
Lange Zeit lag der Reiche auf dem Weg, denn er konnte nicht begreifen, was geschehen war.
Das Brot als Sinnbild seines Reichtums und seiner Gier hatte sich in einen Stein verwandelt. Sein Herz jedoch, das viele Jahre einem harten Stein geglichen hatte, wandelte sich umgehend in ein mitfühlendes Herz.
So eilte der reiche Mann nach Hause und öffnete alle seine Kornspeicher. Er verschenkte sein Korn an die vielen Hungernden und fühlte sich reicher als jemals zuvor!

Nach einer Geschichte

Der Großmütige ist reich,
und wenn er auch nur ein Stück Brot besitzt,
das er mit einem Hungrigen teilen kann.

Marie Freifrau von Ebner-Eschenbach, österreichische Schriftstellerin, 1830–1916

Herzensgüte auf dem Prüfstand

In einer indischen Kleinstadt lebte vor etlichen Jahren eine junge Frau, die bei einem Meister die »Meditation der Herzensgüte« erlernt hatte. Stets füllte sie ihr Herz mit liebender Güte für alle Wesen.
Doch jeden Mittag, wenn sie im Basar ihr Essen holte, wurde ihre Herzensgüte schwer geprüft. Denn ein Ladeninhaber stellte ihr anzüglich nach und überschüttete sie mit unerwünschten Liebkosungen.
Eines Tages konnte sie das unverschämte Benehmen des Mannes nicht mehr ertragen und jagte ihn mit erhobenem Schirm die Straße hinunter. Trotz ihrer Wut ließ sie plötzlich von dem Gejagten ab und blieb abrupt stehen. Denn zu ihrer größten Verlegenheit erkannte sie am Straßenrand ihren Lehrer, der das ganze Spektakel mit ernstem Gesicht beobachtet hatte. Zutiefst beschämt erwartete sie, dass er sie wegen ihres Zorns tadeln würde, und sie versuchte sich zu erklären.
Stattdessen sprach der Meister freundlich: »Fülle stets dein Herz mit liebender Güte. Aber schlage mit so viel Achtsamkeit, wie du aufbringen kannst, diesem unverschämten Kerl deinen Schirm gehörig auf den Kopf!«

Nach einer Geschichte

Gesunde Vernunft, die von Herzensgüte durchwärmt und durch Erfahrung geschult wird, gestaltet sich zu praktischer Weisheit.

Samuel Smiles, schottischer Schriftsteller, 1812–1904

Dem Tod so nah?

Ein Mann lag schweißgebadet in seinem Bett. Er fragte sich, ob er nur geträumt habe oder ob alles ganz real geschehen war?
Der Tod war plötzlich vor ihm gestanden und wollte ihn mit sich nehmen. Eindringlich bat der Mann darum, wenigstens noch ein paar Stunden am Leben gelassen zu werden!
»Warum sollte ich das tun?«, fragte der Tod. Da erklärte ihm der Mann: »Damit ich einigen Menschen noch sagen kann, wie sehr ich sie liebe!«
In den folgenden Stunden zeigte er vielen Menschen seine Liebe. Er verteilte aufrichtig seine Dankbarkeit und Wertschätzung und schloss mit einigen Menschen Frieden. Da er nicht wusste, wie viele Stunden ihm noch vergönnt waren, machte er sich dies zur Gewohnheit.
So lebte er noch viele Jahre – glücklicher und zufriedener als je zuvor!

Ein großes Geheimnis ist das Leben, das nur die letzte Stunde begreift.
Alessandro Graf Manzoni, italienischer Schriftsteller, 1785–1873

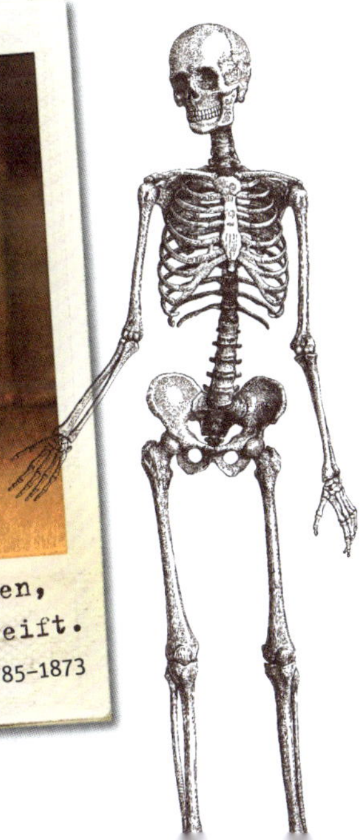

Der weise Richtspruch

Vor langer Zeit lebte in einem chinesischen Dorf zufrieden und bescheiden eine große Familie. Der Mann arbeitete von Sonnenaufgang bis Sonnenuntergang auf einer Reisplantage. Die Mutter versorgte das Haus, kümmerte sich um die sieben Kinder und verdiente ein paar Münzen als Näherin hinzu. Als jedoch der Vater plötzlich verstarb, kamen sie in große Not.

Lee, der älteste Sohn, suchte den Plantagenbesitzer auf, für den sein Vater viele Jahre gearbeitet hatte. Er bat ihn um Arbeit. Dieser wies ihn jedoch mit der Begründung ab, dass er noch zu jung und zu schwach für diese Arbeit sei.

Mit hängendem Kopf ging Lee nach Hause. Um seinem Unmut Luft zu machen, versetzte der Junge jedem Stein auf der staubigen Straße einen Tritt. Plötzlich war er gegen etwas getreten, das ein eigenartiges Geräusch von sich gab. Er suchte nach dem eben fortgestoßenen Gegenstand und fand ein verstaubtes Geldsäckchen.

Lee traute seinen Augen kaum. Zwölf Silbermünzen befanden sich darin! Noch nie hatte er so viel Geld gesehen und konnte sein Glück kaum fassen. Daran, dass das gefundene Geld nun ihm gehöre, hatte er keinen Zweifel. Er malte sich aus, dass seine Mutter nicht mehr so hart arbeiten bräuchte und ihnen eine große Sorge genommen sei. So schnell er nur konnte lief er ins Dorf und kaufte reichlich Lebensmittel, Spielsachen für seine Geschwister und einen schönen Stoff für seine Mutter.

Seine Ankunft war ein reiner Freudentaumel. Jeder hatte Hunger und alle ließen sich die Speisen auf der Zunge zergehen. Die Augen der Kinder leuchteten noch mehr, als die Geschenke verteilt wurden.

Mit ernstem Gesicht rief die Mutter Lee zu sich. Bevor sie auch nur ein

Gerechtigkeit ist
Wahrheit in Aktion

Wort sagen konnte, versicherte ihr der Sohn, dass er das Geld nicht gestohlen, sondern ehrlich gefunden hätte!
Auch wenn er das Geld gefunden habe, dann gehöre es immer noch jenem, der das Geld verloren habe, erklärte seine Mutter. Um herauszufinden, wer ein Geldsäckchen verloren hätte, musste Lee am nächsten Morgen ins Dorf gehen.
Sichtlich bedrückt machte er sich auf den Weg und befragte alle Bewohner des Dorfes und die der umliegenden Höfe. Keiner hatte etwas verloren, deshalb setzte er seinen Weg fort und kam zur Plantage, in deren Nähe er die Münzen gefunden hatte.
Der Verwalter sagte ihm, dass ihm kein Verlust bekannt geworden sei. In diesem Moment jedoch kam der Besitzer hinzu und rief: »Du Dieb! Du hast also meinen Geldbeutel gestohlen, gib ihn mir sofort zurück!«
Lee gab dem Mann, der ihm keine Arbeit gegeben hatte, schweren Herzens den Beutel und versicherte ihm, dass er die fehlende Münze wieder zurückerstatten werde, sobald er eine Arbeit finden würde.
Der Mann zählte die Münzen und schrie: »Was? Nur elf Silberstücke, wo hast du die restlichen versteckt? Dir werde ich deine Lektion erteilen!«
Am nächsten Tag bekam Lee eine Vorladung vor Gericht wegen des Diebstahls von neunzehn Silberstücken! Der Junge verstand die Welt nicht mehr und konnte die Nächte bis zum Gerichtstermin keinen Schlaf mehr finden.
Der Kläger erklärte dem Richter, dass Lee an jenem Tag bei ihm um Arbeit vorgesprochen und den Beutel von seinem Schreibtisch gestohlen habe. Er wisse ganz genau, dass sich dreißig Silberstücke in dem Säckchen befanden, da er zuvor noch sein Geld gezählt habe!
Der Richter befragte Lee, wie er zu dem Geld gekommen sei? Der Junge versicherte schluchzend: »Ehrwürdiger Richter, ich habe das Geld nicht

gestohlen! Ich habe es auf der Straße gefunden. Es waren zwölf Silberstücke in dem Beutel und nur eines davon habe ich ausgegeben. Wie könnte ich neunzehn Silberstücke genommen haben, wenn nur zwölf in dem Beutel waren? Ich schwöre, dass ich nur eine Münze genommen habe!«
Daraufhin befragte der Richter den Kläger, ob er auch beschwören könne, dass dreißig Silbermünzen in dem Beutel gewesen waren, welcher gestohlen worden war. Dieser leistete umgehend seinen Eid.
Die Mutter des Kindes rief ganz aufgeregt dem Richter zu: »Ehrwürdiger Richter, mein Sohn ist noch ein Kind und hat einen großen Fehler begangen, indem er glaubte, das gefundene Geld würde ihm gehören. Aber Lee ist kein Lügner! ...«
Der Richter nahm der Frau das Wort und sprach: »Dieser Fall bedarf eines gerechten Urteiles. Diebstahl ist ein schweres Vergehen, das bestraft werden muss!« Der Richter verließ den Raum und kehrte nach einer Weile wieder zurück, um das Urteil zu verkünden: »Diese missliche Situation hat nun an Klarheit gewonnen. Es besteht kein Grund, an der Anklage des Plantagenbesitzers zu zweifeln, dass ihm ein Beutel mit dreißig Silberstücken gestohlen wurde. Dies hat er vor Zeugen mit einem Eid beschworen.
Auch der Angeklagte sagte unter Eid aus, dass er einen Beutel mit nur zwölf Silbermünzen gefunden habe. Dem ist ebenso zu glauben.
Daher ist es für das Gericht bewiesen, dass es sich bei dem gestohlenen Beutel nicht um den gefundenen des Angeklagten handeln kann, es ist deshalb auch nichts einzuklagen. Die Suchmeldung des Klägers wird nun ausgehängt und das Verfahren bis auf Weiteres zu den Akten gelegt. Nachdem bis heute keine Verlustanzeige für das Geldsäckchen vorliegt, gehört dieses Geld dem ehrlichen Finder!«

Nach einer Geschichte

Die Macht der Sorgen

Um das Jahr 1925 lebte in Amerika ein strebsamer Geschäftsmann. Dieser hatte so viele Sorgen, dass er Geschwüre bekam, die seinen Magen zerfraßen.

Eines Tages wurde er mit schrecklichen Blutungen ins Krankenhaus eingeliefert und nahm beängstigend an Gewicht ab. Ein berühmter Magenspezialist erklärte ihn letztendlich für unheilbar krank!

Nach Monaten der Krankheit sagte der Unternehmer zu sich: »Na, wenn ich nichts anderes mehr zu erwarten habe als einen langsamen Tod, dann kann ich mit der Zeit, die mir noch bleibt, ebenso gut was Besseres anfangen.« Er wollte schon immer eine Schiffsreise um die Welt machen. So erklärte er den Ärzten, dass er noch verreisen möchte, bevor er sterbe, es sei wohl höchste Zeit dazu!

Die Ärzte waren entsetzt! Sie meinten, dass dies unmöglich wäre, dass er auf der Reise sterben würde und man ihn dann sicherlich auf hoher See bestatten würde. Da er seiner Familie versprochen hatte, sich im Familiengrab beisetzen zu lassen, ließ er sich seinen Sarg anfertigen und vereinbarte mit der Schiffgesellschaft, diesen nach der Rückkehr seiner Familie zu übergeben.

Bereits an Bord fühlte er sich immer besser. Er hörte auf, die ärztlichen Anweisungen zu befolgen und aß bald auch ungewohnte und bisweilen exotische Gerichte. Nach Wochen rauchte er sogar eine Zigarre und trank ein Gläschen Alkohol. Er genoss sein Leben wie seit Jahren nicht mehr.

An Bord war er sehr beliebt. Er beteiligte sich an Spielen, sang Lieder, schloss neue Freundschaften und blieb halbe Nächte lang auf.

Als er China und Indien erreichte, stellte er schnell fest, dass seine

Ein Wanderer begegnete einem Hirten und fragte ihn, wie das Wetter an diesem Tag werden würde? Dieser antwortete: So, wie ich es gerne mag. Der Wanderer fragte erstaunt: Woher kannst du wissen, dass das Wetter so sein wird, wie du es liebst?

Ich habe die Erfahrung gemacht, mein Freund , sprach der Hirte lächelnd, dass ich nicht immer das bekomme, was ich mir wünsche. So habe ich gelernt, immer das zu lieben, was ich bekomme.

Nach einer Erzählung

Mit Liebe gemacht

Eines Tages lehrte eine Mutter ihrer kleinen Tochter das Stricken.
Das Kind war ganz begeistert von der Kunst mit der Wolle.
Da es kurz vor Weihnachten war, wollte das kleine Mädchen ihre Mama mit einem selbst gestrickten, bunten Schal überraschen. Es sammelte alle Wollreste zusammen und verbrachte jede freie Minute heimlich in seinem Zimmer, um die unzählbar vielen Maschen zusammenzufügen.
An Heiligabend wurde, gerade noch rechtzeitig, das Geschenk fertig. Doch da entdeckte das Kind, dass es eine Masche fallen gelassen hatte, die nun ihrer Wege ging und ihr Werk ruinierte!
Das Mädchen saß mit Tränen in den Augen vor dem geschmückten Weihnachtsbaum, umgeben von vielen Paketen.
Ihre Mutter fragte sie besorgt, ob etwas geschehen sei?
Da erzählte sie, dass sie die Mutter doch mit einem Schal hatte überraschen wollen, und nun sei die ganze Arbeit umsonst gewesen!
Lange betrachtete die Mutter den Schal und sagte gerührt, dass sie noch nie ein Strickwerk gesehen hätte, das mit so viel Liebe gemacht worden sei!
Dann fragte die Frau ihre Tochter, ob sie ihr einen kleinen Trick zeigen dürfe, den sie selbst auch immer wieder mal anwenden würde. Sie holte kurzerhand eine Häkelnadel aus dem Nähkorb und rettete die gefallene Masche.
Die folgenden Worte behielt das Kind zeitlebens in seinem Gedächtnis!
»Weißt du«, sprach die Mutter, »Tausende von Maschen hast du wunderbar gestrickt. Nur wegen der einen Fallengelassenen bleiben immer noch Tausende von tadellosen Maschen!
Meist lassen sich im Leben kleine Fehler ohne Schwierigkeiten wieder

beheben. Die Liebe, die hinter dieser Arbeit steckt, ist viel mehr wert als ein tadelloser gekaufter Schal. Für mich ist der Schal das schönste Geschenk, das ich je bekommen habe!«
So wurde es für das kleine Mädchen doch noch ein unvergesslich schöner Weihnachtsabend. Seine Tränen verwandelten sich umgehend in ein strahlendes Lächeln.

Was man kauft, bekommt man billiger als ein Geschenk.

Miguel de Cervantes-Saavedra, spanischer Schriftsteller und zeitweilig algerischer Sklave, 1547–1616

Spuren in meinem Herzen

Deine Worte haben MICH bestärkt.
Deine Augen haben MICH gesehen.
Deine Blicke haben MICH verstanden.
Deine Hände haben MICH gehalten.
Dein Herz hat MICH berührt.
Dein Humor hat MICH erheitert.
Deine Zärtlichkeit hat MICH umfangen.
Deine Ehrlichkeit hat MICH wachgerüttelt.
Deine Liebe hat MICH erfüllt.
So hast du in meinem Herzen deine Spuren hinterlassen,
für die ich sehr dankbar bin.

Der einfachste Weg

Ein kleiner Junge war zu Besuch bei seinem alten Großvater. In dessen Garten sah er erstmalig eine echte Schildkröte. Voller Begeisterung rannte er sofort auf das Tier zu, um es näher zu betrachten. Doch im selben Augenblick zog sich die Schildkröte komplett in ihren Panzer zurück.

Da sah der Opa, wie sein Enkel sich vergeblich abmühte, das Tier mit einem Stöckchen wieder herauszulocken.

Der Großvater fragte den Jungen, ob er ihm zeigen dürfe, wie die Schildkröte von ganz allein wieder aus ihrem Panzer hervorkäme?

Als der Junge dies bejahte, nahm der alte Mann das kleine Geschöpf mit ins Haus und setzte es auf den Boden vor den warmen Kachelofen.

Nach wenigen Minuten wurde es dem Tier warm. Es streckte seinen Kopf und seine Füße aus dem Panzer hervor und kroch direkt auf den Jungen zu.

Fragend schaute der Enkel zu seinem Großvater. Dieser erklärte: »Weißt du, viele Menschen sind den Schildkröten sehr ähnlich. Manche bauen zu ihrem vermeintlichen Schutz einen Panzer um sich herum auf und verkriechen sich darin. Mit Zwang kann man sie niemals daraus hervorlocken.

Doch mit Wärme und Geduld verlassen sie ganz freiwillig ihren Panzer.«

Das Gras wächst nicht schneller,
wenn man daran zieht.

Aus Afrika

Die Suche nach der Erleuchtung

Ein junger Mann war auf der Suche nach der Erleuchtung. Nächtelang las er in Büchern und befragte alle Bewohner seines Dorfes. Doch niemand konnte ihm eine befriedigende Antwort geben.
Deshalb machte er sich eines Tages auf den Weg und ging auf Wanderschaft, um die Erleuchtung zu finden.
Auf einem Bergpfad traf er einen alten Mann, der gerade seine Meditation beendet hatte. Sogleich sprach er diesen an, um seine Frage nach der Erleuchtung zu stellen. Der Alte sagte nur schlicht: »Schau in dein Innerstes!« Dann schloss er seine Augen, bevor der Suchende seine Aussage hinterfragen konnte.
Auf seiner weiteren Reise sprach der junge Mann vergebens Hunderte von Menschen an. Als er seine Suche schon beinahe aufgeben wollte, kam er zu einem alten, abgelegenen Kloster.
Er vernahm, dass dort ein großer Meister verweile, und war nun voller Hoffnung, von diesem den richtigen Weg gewiesen zu bekommen. Er suchte den weisen Mann auf und sprach zu ihm: »Meister, seit Jahren suche ich nach der Erleuchtung. Sage mir, welche Schritte ich als Nächstes tun muss, um diese zu erlangen.«
Der Ältere jedoch fragte ihn, womit er seinen Lebensunterhalt verdiene? Der Jüngere antwortete: »Ich stamme aus wohlhabendem Hause und meine Eltern unterstützen mich und meine Lehre. Noch habe ich nichts gelernt, um mich selbst zu ernähren.«
»Nun gut«, sprach der Weise, »schaue eine halbe Minute lang in die Sonne.« Der Suchende gehorchte. Als die Zeit um war, wurde er gebeten, er möge die Landschaft um sich herum beschreiben.

»Ich kann nichts wahrnehmen, die Helligkeit der Sonne hat meinen Blick getrübt«, erklärte der junge Mann.
Daraufhin gab ihm der Meister zur Antwort: »Ein Mensch, der nur das Licht sucht und die Verantwortung für sich selbst den anderen überlässt, wird die Erleuchtung niemals finden können. Ein Mensch, der zu lange in die Sonne starrt, wird am Ende blind.«

Nach einer östlichen Erzählung

Vor der Erleuchtung:
Holz hacken und Wasser tragen.
Nach der Erleuchtung:
Holz hacken und Wasser tragen.

Aus dem Zen-Buddhismus

Auf dich kommt es an!

Wenn der Stein denken würde:
»Ein einzelner Stein kann keine Mauer aufrichten«,
gäbe es keine Häuser.

Wenn ein Wassertropfen denken würde:
»Ein einzelner Wassertropfen kann keinen Fluss bilden«,
gäbe es keinen Ozean.

Wenn das Weizenkorn denken würde:
»Ein einzelnes Weizenkorn kann keinen Acker besäen«,
gäbe es keine Ernte.

Wenn ein Sonnenstrahl denken würde:
»Ein einzelner Sonnenstrahl kann keinen Tag erhellen«,
gäbe es kein Licht.

Wenn der Mensch denken würde:
»Eine einzelne Liebesgeste rettet die Menschheit nicht«,
gäbe es weder Freundschaft noch Frieden auf der Welt.

Wie das Haus jeden Stein benötigt,

der Ozean jeden Wassertropfen,

die Ernte jedes Weizenkorn,

das Licht jeden Sonnenstrahl,

so benötigt der Friede dich,

deine Einzigartigkeit

und deine Liebe.

Nach einer afrikanischen Weisheit

Autorin

* Dipl. Erlebnisorientierte Teamtrainerin (CP)
* Zertifizierte Systemische Beraterin (Univ.)
* Persönlichkeitstrainerin
* Coach für Persönlichkeits- und Teamentwicklung
* Autorin

Es ist ein Teil meiner Lebensphilosophie geworden, Menschen auf vielfältige und wirksame Weise in ihren Entwicklungsprozessen zu begleiten.

Ich gebe Seminare und Workshops und halte Vorträge – angefangen von der Persönlichkeitsentwicklung bis hin zur Zielsetzung.

Ebenso folge ich meiner natürlichen Berufung und Leidenschaft als Teamtrainerin. Erlebnisorientiert und professionell schaffe ich in Teams ein erfolgreiches, harmonisches Miteinander.

Neu in meinem Programm sind Erzählabende, an denen ich aus meinen Geschichtensammlungen vorlese und frei erzähle.

Für weitere Informationen:

www.gisela-rieger.de

Dank

Ein ganz herzliches Dankeschön

♥ an meine traumhafte Grafikerin, Ulrike Vohla, die mit ihrem Gespür für Gestaltung und Bilderauswahl diesem Buch sein Aussehen verliehen hat.

♥ an meine Fotografin Christina Sellner, die es geschafft hat, mich locker vor die Kamera zu stellen.

♥ an meine drei guten Feen, die sämtliche Texte auf Rechtschreibung sowie die Grammatik überprüften: Anna Singer, Lektorin; Petra Hierl, Lehrerin; Sabine Hiller, Lehrerin

♥ an meine Testleser:

Christina Sellner, Persönlichkeitstrainerin; Dorothea Liedl, Bankkauffrau; Host Kühnel, Clearing-Experte & Unternehmensberater; Hubert Hausjell, Geschäftsführer Fa. GHV; Lydia Winner, Rentnerin mit 55-jähriger Eheerfahrung; Monika Rieger, Krankenschwester; Petra Laufenböck, Verwaltungsangestellte; Renate Lämmlein, Altenpflegefachhelferin; Tanja Stöckl, Industriekauffrau; Wolfgang Krutenat, Immobilienmakler

♥ an alle Autoren, von denen ich unentgeltlich die Abdruckgenehmigung ihrer Texte erhalten habe:

Pfarrer Rainer M. Schießler – www.st-maximilian.de

Wilhelm Bruners

Ernst Ferstl – www.gedanken.at

Ich habe äußerst gewissenhaft recherchiert, um alle Copyright-Inhaber meiner verwendeten Texte zu vermerken. Sollte mir dennoch ein Fehler unterlaufen sein, bitte ich, mir dies mitzuteilen.

Weitere Veröffentlichungen

Diese Bücher sind eine bunt gemischte Fundgrube besonderer Geschichten, Weisheiten und stimmiger Aphorismen.
Sie finden viele inspirierende Geschichten zum Innehalten, Schmunzeln, Nachdenken und sich von ganzem Herzen freuen.

Inspirationen für's Herz
120 Seiten, durchgängig farbig,
bibliophil gestaltet,
mit Lesebändchen
ISBN 978 3 00 050869 1
14,90 €

Ideal zum Verschenken!

Sinn-volle Geschichten 1
Broschiert: 128 Seiten
ISBN 978 3 940 562 85 2
9,80 €

Sinn-volle Geschichten 2
Broschiert: 112 Seiten
ISBN 978 3 940 562 91 3
9,80 €

Sinn-volle Geschichten 3
Broschiert: 140 Seiten
ISBN 978 3 940 562 93 7
9,80 €

Auch im 3-er Pack zu 24,99 €
ISBN 978-3-940 562-96-8

Erhältlich in meinen Büchershop www.gisela-rieger.de, in jeder Buchhandlung oder über Internetportale